文治
© wénzhì books

女人这东西

〔日〕渡边淳一／著

陆求实／译

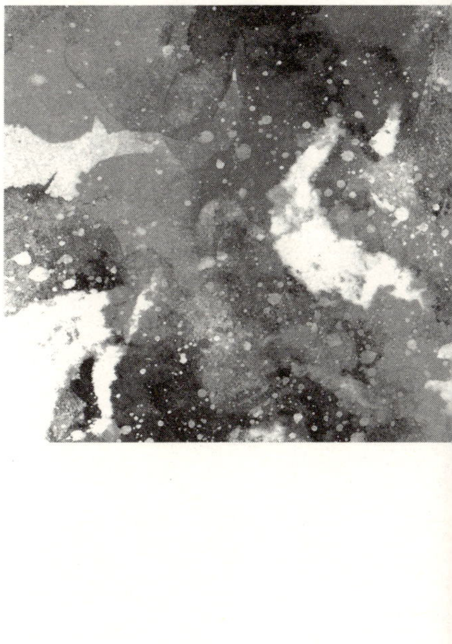

九州出版社
JIUZHOUPRESS

图书在版编目（CIP）数据

女人这东西 / (日) 渡边淳一著；陆求实译. —北京：九州出版社, 2014.7（2015.10 重印）
（渡边淳一经典作品集）
ISBN 978-7-5108-3183-6

Ⅰ.①女… Ⅱ.①渡… ②陆… Ⅲ.①女性－性学 Ⅳ.①C913.14

中国版本图书馆CIP数据核字(2014)第183820号

版权合同登记号 图字：01-2014-5023

女人这东西

作　　者	（日）渡边淳一 著　陆求实 译
出版发行	九州出版社
出 版 人	黄宪华
地　　址	北京市西城区阜外大街甲35号（100037）
发行电话	（010）68992190/3/5/6
网　　址	www.jiuzhoupress.com
电子邮箱	jiuzhou@jiuzhoupress.com
印　　刷	三河市万龙印装有限公司
开　　本	880毫米×1230毫米　32开
印　　张	7
字　　数	109千字
版　　次	2014年12月第1版
印　　次	2015年10月第4次印刷
书　　号	ISBN 978-7-5108-3183-6
定　　价	39.80元

目　录

·第一章·

被掩盖了的女性真相

用体育项目来形容，男人或许是相扑，而女人则是马拉松。

绪言

对于男人来说，女人是个永远不解的谜，不可思议，无法捉摸明白。“女人真是弄她不懂”——几乎所有的男人都这样叹息，并为之苦恼，然后就带着不解，止于自说自话的解释：“女人就是这样子”，最终放弃努力不肯再花气力去理解对方。

与此同样，站在女性的角度也完全可以这样叹息一声：“男人是无法理解的。”从这个意义上说，男女双方既是受害者，又互相都是加害者。而女性与男性比较，先天性地更容易接受现实，不会为一些毫无意义的琐事而烦恼。因而从被害的程度上讲，男性的被害情况或许更为严重。

姑且不去细究被害的程度，单就这种男女间互相觉得对方“无法理解”的现象来说，其理由究竟为何？男人和女人在外形、构造上相似，可以通过语言进行沟通，即便有不理解之处也可以征询和解释。事实上，男人和女人之间的对话和沟通自远古始，其间不知多少有识之士认认真真尝试过，进行过。但是这种“无法理解”的状况却几乎没有任何改变，甚至两者越是对话，沟壑越是加深，最终，男女之间只剩下一个令人心寒的现实感：“我和她（他）是完全不一样的两类人。”

让我们稍许改变一下视角，来考察一下我们人类与犬类和猿类的关系。或许我们会轻易地发现一个事实，对于犬类或猿类的行为，我们决不会说“无法理解”。

小狗翻土刨地找寻人吃剩的肉骨头，或者猴子当着人的面自慰，人们看了不会产生不可思议的感觉，即使感叹也顶多说一句“真拿它没办法”，而不会说“无法理解”，因为多数人觉得这种行为是可以理解的。

这其中的道理非常简单。

因为我们将狗和猴子等动物视为完全不同于人类的种属。我们理所当然地认为，小狗拥有人类望尘莫及的发达嗅觉，故而喜欢从土中翻找肉骨头；猴子本就是畜生，故而在大庭广众下自慰也丝毫不觉得羞耻。因此，对于小狗和猴子等的行为，我们不可能产生诸如“无法理解”之类的惘惑。对其他动物，人类也持这样的看法。

这样一想，我们便会发现，男人和女人之所以互相埋怨“无法理解”“弄她不懂”，其实正是互相将对方视为自己同类的缘故。

除此以外，男人和女人对对方关心过甚，也使得这种“无法理解”的现象更加复杂化。

归根结底，男人和女人都是立于对方和自己是同类这一基石上来互相审视的。换句话说，我们或许存在一种自以为是的倾向，容易轻信，觉得男人和女人之间应该是相互理解得比较透彻的。

男人和女人对此都没有产生过怀疑。因为觉得对方和自己是半斤对八两，不差累黍，所以只需站在自己的立场来考虑问题就行了。可以说，这就是产生差谬的根本原因。

男人和女人互相无法理解，甚至互相厌嫌的最大理由也源于此。

如此的话，那么距离结论应该也不远了。

“我和她完全是两码事，我是男人，她是女人嘛。”只要想通这样一个事实，即好像看小狗或猴子时那样，如此便能隔开一定距离冷静地观察，同时也能站在对方的立场上去考虑问题，并且不会因为陷于自己的思维中不能自拔而焦虑。由于种属不同，思维自然不一样，行为方式也不一样。于是，万事风平浪静，男女之间就不会产生不必要的误解和厌嫌。

但是这样说起来容易，做起来却非常不易，甚至比登天难。

为什么这样说呢？因为我们人类实在太相似了。男人也好，女人也好，都长有两条腿、两条胳膊，头部、腋下以及阴部有毛发，会说话，会笑，会流眼泪，睡觉的时候是倒头而睡。如此看来，根本看不出男人和女人亦如人类和小狗猴子般为迥然有异的种属，反而让人有一种完全相同、几无差异的感觉。

自然，每个人都知道，男人和女人之间在外形上还是有一定差异的，骨骼、喉结以及生殖器官都有所不同。但这些差异不足以让人认定两者是不同的种属，虽然生殖器官的差别更为显著，但这只不过是男女的差别，不会被当作种属的差异来予以认定。于是这样一来，从外形上看，男人和女人远非人与小狗或猴子那么遥远的相异种属。

然而，露呈于表面的差异仅仅是冰山之一角而已，可以说，更加悬殊的根本性差异其实隐藏在身体内，如不将这些差异彻底揭示出来，男人就不可能真正理解女人，女人也不可能真正理解男人。尤其是女人，由于其隐藏不露的真实面目与身体外形上的表象相去甚远，这种表里不一的复杂性，使对其真实面目进行理解增添了不少难度。

由此可见，认清这一真实面目是论述有关女性问题的最最基础且必不可少的一项工作，省却了这项工作，所有的女性论就等于是没有土台的空中楼阁。

正是基于这样的理由，作为女性论的本书，第一章将从“被掩盖了的女性真相”讲起。

被掩盖了的女性真相

笔者现今侥忝作家之列，但是在之前的 10 年里，我曾是某大学附属医院的一名外科医生。在那里，我接触到许许多多男女患者，亲自动过手术，也目睹了许多医案，大多数患者治愈康复，当然也有极个别的人不治而亡。

在这个过程中，我感受最深的一点就是，女性对于疼痛的忍受能力较之男性要强。

一般来说，人们都有一种先入之见，认为女人怕痛，不如男人坚强。因为女人的身体与男人相比显得纤约柔弱，并且女人往往稍感觉疼痛便不能忍受。

的确，女人对于些微的疼痛比男人更加敏感，反应更加强烈，有时甚至会不顾一切地哭喊。但是当疼痛到极致的时候，反而会横下心来沉着地去应付。而男人对于微弱的疼痛可以忍住眼泪，但是对于剧烈的疼痛就完全顶不住了，女人那样的忍受力对男人来说简直是望尘莫及。

因此可以说，对于些微的疼痛，女人明明能够忍耐，能够应付，但却喜欢小题大做，反应夸张，而男人则勉强应付却还要故作轻松。一旦疼痛加剧，男人立即就败下阵来了。

人体中对疼痛最敏感的部位是皮肤和包裹在骨头表面的骨膜，手术中需要进行局部麻醉时，往往都在这两个部位注射大量麻醉药。

说句实话，我以前进行手术时，曾依据男女的不同而对麻醉药的注射量有意识地进行过微调（这种事情倘若堂而皇之地多次进行，则涉及人体实验，会惹出法律问题，而我只不过偶尔为之，且没有害处），结果我发现，无论我怎样减少麻醉药的注射量，女性对此几乎都毫无反应，即使偶有感觉到疼痛的人，只要安慰一句“不用担心”，病人很快就会平静下来。

而男性的情况明显不同，药物量的微妙变化立即能够被他们觉察，随即对医生诉说“疼痛”，“不用担心”之类蒙混的台词对他们是不起作用的。即使不出声，也会皱起眉头，或是额头渗出汗珠来，说明是在硬撑。

女人即使不注射麻醉药，但只要给予她们不会感觉疼痛的安心感，就能够忍受相当程度的疼痛。女人之所以容易被施以暗示疗法、催眠术等，恐怕与此不是没有关系。

女人比男人对疼痛的忍受力更强，这只要想一想分娩的情况就很容易理解了。分娩是女人单独承担的使命，尽管这是由于女人对疼痛更加能够承受，还是由于女人的身体为了分娩而自然进化得更加坚强，目前尚无定论（笔者认为是后者），给人们留下继续探究的课题，但这样的使命安排毕竟是十分合理的。

万一，这一使命安排给男性来承担，30 多岁的男人中恐怕一半会痛得昏死过去，其中更有一半真的会送命吧？胆结石便是一个明证。胆结石是指因代谢紊乱、胆汁淤积或胆道感染等在胆囊中形成胆石，结石排出胆道的过程与女人分娩有几分相似，此时男人的痛苦非比寻常，简直可以用死去活来来形容，而排出的结石最多不过小指尖大小。

由此来看，分娩的痛苦要远远比排出结石大得多。首先是持续的时间长，看上去纤弱的女人身体竟能忍受长达十来个小时的阵痛，而后才分娩出 3 千克左右的婴儿。这绝对不是男人能够忍受的。

十个月怀胎、十来个小时的分娩，加上产后长达一年时间的哺乳，如此繁重和痛苦的过程一旦结束，女人竟然表示还想再生一个！

不知道是因为女人的身体实在太强健了，还是事情太不可思议了，总之，我们只能说女性与男性是两个完全不同的种属。

死而复生的女人

相比对于疼痛的忍受能力，在更为本能的生命力方面，这一差异尤其显著。

人体内的全部血液约占人体体重的 1 / 13，而人如果失血 1 / 3 就会死亡，这是医学院学生最早学到的一个常识。在有关人体的诸多知识中，这就好像几何学中所讲的“连接两点的最短距离是一条直线”这一定理一样，是最最基础的知识，任何从事医护工作的人都知道的常识。

假设某人体重 52 千克，1 / 13 也就是 4 千克是血液，如果失血 1 / 3 就是 1.3 千克即 1300 毫升血液，那么他就有生命危险。

女性有不少病症是由于宫外孕以及子宫破裂导致的大量失血引起的。我曾经接诊过一个病例，患者因子宫破裂腹腔内成了一片血海，失血大约 2000 毫升，而她的体重只有 45 千克。不要说血压，病人甚至连脉音也听不到了，只有心脏尚在微弱地跳动。

因为我知道前面所提到的基础知识，所以我对病人家属说，做好最坏的思想准备，但我还是会尽力抢救的，接着便开始输血。

令人难以置信的事情发生了：20 分钟后，我就开始听到病人的脉音了，半小时不到，原先苍白的脸色渐渐恢复了红润，大约一小时后，病人恢复意识，开始呻吟，最后吐出一声：“痛啊！”又过了半个小时，血压恢复至 130。这位女病人完全可以说是从地狱中爬出来，死而复生的。

这个病例是我从医那年独自一人出差到一个偏僻山村时遇到的，因而印象特别深刻，它对于我以后的女性观产生了极大的影响。顺便说一句，拙著《母胎流转》就是根据当时的经历和感想而写成的小说，有兴趣的读者不妨参照一读。

在上述的这个病例中，先前的所谓绝对定理遭到了否定。当然，并不能因此就认为，医学教科书中所写的就是错误的。事实上，确实有人因失血 1 / 3 而死亡，不过那些都是男性。

所以，关于失血这一点，我认为有必要修改成如下：

“男性失血 1 / 3 会导致死亡，女性失血超过 1 / 2 也会引起死亡。”

女人生命力之顽强

关于生命力之顽强，数年前发生的一件事情令我们记忆深刻，相信有人依然清楚地记得这件事。

两名前往北阿尔卑斯山的女性，途中遭遇暴风雪迷了路。当人们差不多对她们的生还已经绝望的时候，这两名女性躲在雪坑中，仅靠两块巧克力裹腹，两个星期后竟安全返回。

当时报纸、杂志在报道这件事情的时候，大多在赞许中夹杂着感慨：“以女性那样纤弱的身体，竟然能够平安生还，实在难以相信！”

然而这种观点究竟正确不正确呢？

表面上看，女人的身体同男人相比，确实给人一种纤枝柔柳、弱不禁风的感觉。但是，即便是体形消瘦的女性，其体内脂肪量也比外形看上去普普通通的男性脂肪量要多得多，外形肥胖的女人就更不用说了。

所以说女人的身体好比有一件天然斗篷包裹着似的，故而比男人更能够抵御寒冷。

此外，皮下脂肪在人饥饿的时候可以转化为热量，这同通过绝食来减少皮下脂肪是一个道理。即使不吃巧克力，一般女性的皮下脂肪也足以承担两至三星期的热量补给。

唯一的问题就是水。两名女性躲在雪坑中，只要吃雪就可以补充水分了，虽然会有空腹感，但是身体的生理指标不会有什么大问题。

在这一事件中，两名女性之所以能够生存如此长的时间，我还想强调一点理由，那就是女性对于孤独的承受能力很强。二人在雪坑中整整待了两个星期，始终耐心等待，一直等到天气好转，从而避免了不必要的体力消耗。这不是轻易能够做到的，至少男人很难做得到。

苏联和美国发射第一艘宇宙飞船时，飞船上分别还搭载了雌性的狗和雌性的猴子。听起来颇觉滑稽，其实是有其道理的，因为雌性动物在忍耐力、承受孤独等方面，比雄性动物更加出色，这是动物生理学上已经得到广泛认可的事实。套用到人类身上，同样也是适用的。

我在做学位论文时，曾经用老鼠和兔子做过为时二十天的实验，得出的结论是：雄性动物忍耐力较差，相反其反抗精神特别强。

实验之一是，在老鼠的一只脚上绑上石膏，另一只脚上则什么也不绑，从而对其筋肉和骨骼的状态进行比较。雄性老鼠一绑上石膏，立即一刻不停地啃噬，试图从石膏的束缚中逃脱出来，表现出一副誓死不屈服的样子。而雌性老鼠的行为则截然不同。刚开始绑的时候，它们也会挣扎反抗，但绑上之后，它们便安静地蹲在角落里，好像在努力接受命运的这种安排，试图适应新的状态。不多时，甚至还拖着一只沉重的脚，开始进食。在这个实验中死去的多数是雄性老鼠。

这种倾向并不局限于猴子、狗、老鼠等种属，而是所有雄性动物所共通的习性。在人类身上也可以看到不少类似的例子。

比如婚姻，女人有时候嘴上说“不喜欢他”，但是结婚后经过一段时间，照样生活得有滋有味。当然，能够嫁给自己喜欢的男人最理想，但退而求其次，她们似乎依然能够体验到婚姻的美妙和乐趣。大体来讲，女人往往比男人更为迅速地面对现实和接受现实，一旦接受了现实，心情也会随之开朗起来。

在这方面，男人就缺少变通，假如和自己不喜欢的女人结婚，则无论经过多长时间，仍旧无法改变其不喜欢的态度。

在女人的词汇中之所以没有“高洁”这个词，以及对于“纯洁”一词男女有着大相径庭的理解，恐怕也是源于这种差异。

再回到忍耐力的话题上。假如宇宙飞船上搭载雄性动物结果会怎样呢？毫无悬念，雄性猴子一定会难耐孤独，将身边的仪表仪器弄得一塌糊涂，然后想方设法地要从密封舱中逃跑。这样的话，宇宙实验只能以失败而告终。

躲在雪坑里耐心等待，这和雌性动物被关在宇宙飞船的密封舱里处境相同。那两名女性一定在想，现在唯一要做的就是等待，耐心地等下去，总会天气晴朗，救援队员一定会出现的。

遗憾的是，男人大多数是不会这样思考问题的。男人会认为静静地等死是一种耻辱，是男人就一定要勇敢地闯出去。

乍看起来很无畏，但结果却是大多数男性一定会在半路上冻死。

男人比女人更强的并不是耐力和生命力，而只是一瞬间的爆发力。用体育项目来形容，男人或许是相扑，而女人则是马拉松。

男人可以使用臂力和腕力击倒女人，但这只是瞬间的，女人虽然被击倒但若不死，瞅准了时机还会站起来的。消耗力气的男人会先精疲力竭，而女人则在跌倒中得到体力上的休整。或许男人是本能地知道自己会先精疲力竭，所以才“先下手为强”，而女人也清楚地知道自己才是最终的胜利者，所以并不惧怕男性的攻击。果真这样的话，则女人是一种多么可怕的动物啊！

顺便说一句，男人其实大多是“好好先生”。明明知道自己其实并不坚强，耐力也差，但是登山的时候，还是抢着为女性背背包；进入雪坑里，也光顾着关心脂肪比自己多的女性冷不冷；将滑雪衣借给女性，或者脱下防寒外套披在女性身上，结果是自己先女性而死。

表面上装出了不起的样子，实际上是又弱又蠢——女人心中一定在偷着笑吧。

生命力的强弱，在男女平均寿命上也得到了清楚的显示。

目前，日本女性的平均寿命比男性高出六年多。两者的差距在战前就已存在，战后更是迅速地扩大开来（战争期间的死亡不计入本统计）。即使在人们普遍认为女性遭受非常残酷压迫的江户时代，但根据这一时代东北农村地区的一份统计资料显示，女性的平均寿命也比男性多出两年。

现今的一切文明和进步，几乎都是有利于女人而对男人不利。洗衣机、除尘器、电饭锅、微波炉、方便面……都使得女性的体力劳动得以减轻，身体得到进一步解放。而相反，男性几乎没有享受到文明带来的恩惠，电子计算机和各种自动机械只有使男性的工作内容更加复杂化，完全谈不上减轻。同时，企业在合理化的名义下不断增加员工的工作量，过去从东京出差到大阪需要一晚两天，现在由于新干线的开通，被压缩成了当天往返，就足以反映了个中的现状。

本来生命力就强于男人，再加上社会文明环境对女人更为有利，所以男女平均寿命的差距越来越大，也就理所当然了。

今后，这种差距也只会被进一步拉大，而不可能缩小。有朝一日，说不定全日本的养老院里挤满了老婆婆，时尚之地银座一带也会被不同年龄层的女人所占领哩。

我对于地球人的灭亡过程有一种预感：首先是男性中感受性较强的那部分人死去，其次是男性中感觉较迟钝的那部分，随后是女性中感受性较丰富的那部分人，再是普通的女性，最后剩下的则是感觉最迟钝的女性。

随心所欲的乳房

这不单纯是一种妄想。其中的理由已经如先前所述的那样，女人自身顽强的生命力以及她们对于环境出色的适应能力。

尤其是适应能力，从前面绑石膏的雌性老鼠以及结婚后女人的变化可以略见一斑，而更令人诧异的事实是，女人只要祈愿某种结果出现，身体就会依从这一祈愿作出相当大的变化，真所谓“心想事成”。

一个显著的例子就是，最近十多年来女性分泌出的母乳越来越少了。

如今，用自己乳汁喂养婴儿的母亲越来越罕见，都市女性每 10 人中就有 10 人是用人工营养代替乳品喂养婴儿的。因此说得夸张些，假如有朝一日乳牛从地球上消失，人类也将随之灭亡，这个假说绝对可以成立。

母乳为什么会越来越少？其理由实在难以究明。一般来说，在营养不良的情况下，母乳的分泌量会减少。江户大饥荒时期，许多母亲因分泌不出乳汁，生下孩子却无法哺乳养大的悲剧在全国各地层出不穷。战后一段时期，也出现过类似的情况，而随着我们离战败越来越远，衣食住行各方面都变得越来越好。

然而唯独母乳的分泌情况却一直未见好转，甚至变得更糟。这是为什么？可以肯定地说，至少不是因为营养状况引起的。

左思右想，理由只有一个。从十几年前即开始流行这样一种说法："长期哺乳会破坏乳房的形状，对美容也无益处"。当然从医学角度上讲，这在一定程度上也是事实。

女人们闻听此言，立即便被这种说法征服了，即使是因为上了年纪而致的自然松弛下垂，也都归罪于哺乳。一时间，这种说法甚嚣尘上，女人们纷纷停止母乳喂养，同时开始停止分泌乳汁。然而，乳汁分泌不分泌照理说是不以个人的意志为转移的，就如同肠胃消化食物，或者皮肤表面出汗一样，它是人的一种自然生理现象。

可是在女人身上这种变化确实出现了，女人可以按照自己的意志控制乳汁的分泌。本来每晚乳汁满溢，不得不将之丢弃掉的女人突然间不再分泌乳汁了，作为母亲最最基本的哺乳过程只对付一两个月便草草结束了。原先因喂乳而变得松垂的乳房，现在生过孩子之后依旧浑圆坚挺，毫无异样。为了迎合女性的需求，各种人工营养代乳品也应运而生。

于是，女人们的乳房可以安心地偷懒，不再担负哺乳婴儿的使命。市场上销售的所谓“原乳”，并不是用原乳加工成的原乳，而只不过是装满人工营养代乳品的罐头；不是为婴儿而存在的原乳，而只是向男性夸示的“原乳”。女人的乳房如今成了与耳环、胸针这类饰件同等功效的装饰物品。

这一变革花了大约十年时间便彻底完成了。而这种变化在都市比在农村更加普遍，这是因为都市女性爱美的欲求比农村女性更加强烈。更让人拍案称奇的是，身体上如此巨大的变革，它不经过母亲向子女遗传，仅在一代人的身上就完成，在一个人的体内就完成了。

这是令人恐惧的变革，较之苍白无力的变革思想，这种变革的事实具有更加强烈的现实震撼力。

类似的变革还有不少。战后，一位叫伊东绢子的日本美女参加环球小姐选美比赛并获得第三名，由此也诞生了“八头身美女”这个词。这已是大约二十年前的事情。这期间，女性体形的改善实在令人瞠目。这背后固然有饮食结构的改变等因素，但是仅仅用这一点还不足以解释得通，因为同样是日本民族，女性的体形改善比男性的改善要明显得多。

"脸孔再小一点，身材再高一点……"

女人们心中大都这样祈祷。事实上，暗暗祈祷的女人竟真的变成了这般模样。看来，每个女人都具备成为一个会使魔法的巫婆的潜质哩。

都说恋爱中的女人会变漂亮。这是事实。女人沉浸在爱情中时，肌肤水灵灵的，而且透着光泽；品尝到两性欢娱的女人尤其表情柔和，肌肤滑润。而男人就不同，落入爱情陷阱后，会变得心神不宁，而性只会令他们无精打采，疲惫不堪。

由此可见，女人可以将头脑中所想的事情或多或少地在自己的身体上加以实现。当然，像多一只手或是两腿增长一倍等天方夜谭的事情自然毫无可能，但是涉及荷尔蒙系统的变革，却是能够比较容易实现的，只要头脑中有所想即可。

这也是有生理机能作基础的。以上所讲的这些变化，都是由位于大脑中央稍下方的脑垂体控制的，脑垂体对人的代谢、生长、发育和生殖等都能产生重要影响，而人的意志能够调节脑垂体的分泌，从而使得上述变化发生。女人这方面的机能要比男人来得更加优越。

前些日子，读到《读卖新闻》晚刊"明星近况"栏目中黑柳彻子写的一篇文章，其中说道："自己的身体竟然会因为潜心于其中的角色而发生改变，真令我大吃一惊。当我饰演坏女人的时候，即使离开舞台，表情、身段也都像个坏女人；饰演胖女人，则脸孔和身体都会变得臃肿起来，一副心宽体胖的样子。”

这段文字为我们提供了一个女性身体变化的极好例子。

女人的死穴

前面所讲的都是女人自身所期望的变化，当周边环境恶化时，女人所具有的这种能力就愈加发挥出其价值。不管噪声也好粉尘也好，当我们被置于一个极为恶劣的环境中时，女人依然显示出她们的坚强。在置身于这种环境中之前，女人也会抵抗和斗争，可一旦置身于其中，则更多的是设法去适应，而不会像男人那样抗议个不停、焦虑个不停。

Que sera, sera[1].

——该是怎样的就是怎样。

这种理念正是女人坚强的根源。

为什么女人的忍耐力特别强？从往昔以至今日，缫丝工、大型电子计算机的穿孔器操作员等一直被认为是女性所适合的工种。像这类单调的工作假如让男人去做，不出一个月，准保

1　源自阿尔弗雷德·希区柯克导演的电影《擒凶记》（The man who knew too much，1956年）中的插曲，法语意为“该是怎样的就是怎样”，或译“顺其自然”。

逃跑，要不就是疯掉。事实上，许多大型企业中许多男性员工，因为整日从事无聊单调的作业而被逼到了发疯的边缘，而女性则悠然地每天照样敲打着键盘。

当然，再坚强的女人也有一处死穴，她们的强处却也正是她们的弱处。

女人的强在于能够诱发身体变化的荷尔蒙系统，因此，一旦荷尔蒙系统发生紊乱，女人就会陷入混乱，她们的行为立时变得颠三倒四，毫无条理。

耽于男女欢娱的女人令她们远离性，初涉性的欢娱的女人令她们只能接近却得不到，未曾尝过两性之欢的女人则给予她们强烈的性的刺激……假如遭到如此变故，女人一定会马上暴露出其脆弱的一面。到医院求医的女性中，大凡自诉有颈肩不适、神经痛、头晕、耳鸣、烦躁、失眠、食欲不振等症状，即原因不明的不适病症[1]的病人，其中80%或多或少都是由体内失调引起的。

知道了原因，治疗起来也就非常简单，只要去除病灶就可以了。可是不知算幸运还是不幸，目前的医疗水平尚无公认的对此完全有效的治疗手段，所以，只能由同该女性有接触的男

1　医学术语称之为“不明原因临床主诉”，指患者含糊自述有病但是临床检查却未见器官异常的一种现象。

性来治疗了。就这一点而言，男人总算还有一些生存的价值。

本章小结

本章所阐述的重点是，从生命力这一最基本的方面来讲，女人比男人更强。男人的强体现在瞬间的力量上，而这与绵延持续的生命力无任何关系。

女人比男人更强的理由在于：第一，对疼痛的感觉相对比较迟钝；第二，更能够经受得住失血的考验；第三，对环境的适应能力更强。

笔者想阐述的内容主要就是以上这些。对于希望进一步深入思考的读者，谨再赘述几句，以供参考。

从解剖学上讲男女的神经分布是相同的（生殖系统除外），因此，对疼痛的忍受能力强即意味着神经的感受性迟钝，而神经是动物界中最高级的器官，神经系统发达与否，决定了动物的进化程度。

说到对环境的适应能力，最出色的是一种能够形成芽胞的细菌，当外部环境恶劣比如营养缺乏，特别是碳源、氮源等缺乏时，这类细菌便形成具有很强保护能力的芽胞，进入代谢相对静止的休眠休态，以维持菌体持久生存。而身体最善于变化的莫过于阿米巴原虫了。

身体的变化同再生能力也有密切的关系。假设人们讨厌海盘车[1]或蚯蚓，将其一刀两断，很快它又能长成两个个体，轻易是无法将其弄死的。阿米巴原虫、海盘车以及蚯蚓在动物分类上，都处在不怎么进化的位置，这是小学生都知道的，然而它们的生命力却出奇地强健。

最后想补充的是，从以上启示中得出什么样的结论，完全是读者的自由。作为我本人，对拥有超凡能力的女性是非常尊敬、崇拜和恐惧的。

1 居于海底的一种棘皮动物，属于海星纲。

·第二章·

女权主义口号下的女人

只要性得不到独立，女人就不可能获得真正的解放。

绪言

曾经在报章版面上热闹一时的女权运动，最近开始呈现趋于平静化的态势。

这只不过是极少数不辨是非、不知自量的女人们的过激行为——这样定义，事情自然就简单了。但是我以为，对于女权的欲求是任何一个女性都曾经一度有过的，一些女性今后仍将坚持不懈地为之努力下去，而这种欲求会因为社会的进一步文明化、家庭电器化而使女性拥有更多自由的闲暇时间而越来越增强。

因此，与其说趋于平静化，倒不如说是一场大喷发之后的火山仍然冒着白烟，在等待着下一次喷发的时机，现在只是在积蓄能量。这样看似乎更加贴切一些。

那些热衷于女权运动的女人，究竟是什么样的女人？为什么会出现这类女人？这类女人能否作为一股社会势力在现代社会中争得立足之地？本章将从解剖学的角度出发，就这些疑问来做一些探究。

女权运动的缺陷

正如本章开头所讲到的，女权运动并没有像新闻媒体所渲染的那样，形成一场声势浩大的运动，倒是有些夭折的感觉。

其理由大致有这么几方面：媒体报道过度；运动目的性过于纷杂，难于形成一个明确的目标；将日常生活中的一些琐事夸大到男女平等的高度；所有运动参加者的认识之间存在巨大的差距等。

然而更加主要的原因则是，女权运动的推动者，也就是女性自身产生了分裂，无法做到团结一致。想要进攻敌人，可是自己内部却先出现了分裂，没有不败的道理。

手举标语牌，高喊“为了我们女性……”在这些努力奋争的女性身旁，却有冷眼相向，对此嗤之以鼻的女性。这种来自女性的冷笑比来自男性的冷笑更加冷漠，更令人心寒，而且冷眼相向的女性占了大多数。

如此的话，自然不可能取得胜利，再怎么呐喊，充其量不过像斗败了的狗在嚎叫而已。

根据某报纸的报道，参加或赞同女权运动的女人们（她们极其讨厌 “女性”这个词，因为带有“性”字，故这里不称呼其为“女性”）的年龄构成情况如下：占压倒性多数的是 20 岁刚出头的女学生、企业职员，其次是 40 岁左右的家庭妇女。

表面看这似乎很正常。但是，这恰恰反映出女权运动的先天性缺陷，因为出现了年龄断层，所以女权运动的诉求并不能代表所有女性。

高中生以下以及高龄妇女不在其列是很自然的，然而 30 岁上下，也就是 20 多岁至 30 多岁的女人，本来是一个女人最成熟的年龄段，她们是女人中与男人最接近、从各种意义上讲都与男人关系最密切的，缺少了这部分女人，所谓的女权运动岂不是显得很可笑？

如今说起女权运动，人们很容易理解为是要从根本上改革两性之间的关系，但是千万不要忘记，这个运动的发端却是始于女性对日常生活中一些琐事的不满。

这种不满可以分为两大类。

一类是对男女间在劳动报酬方面的不平等；强加于女性头上的只能从事端茶倒水、单调工作的偏见；不从个人能力出发的评价体系；身居管理层的男性没有将女性当成职场的一分子，仅仅视作职场点缀、花瓶的陈旧观念等的不满。

这些不满多为二三十岁的职业女性每天在现实生活中碰到的现象，她们对此有着非常具体和切实的感受。

另一类是以 40 岁上下女性为主的家庭主妇们的不满，这些主妇们认为女人不应该永远被束缚于家庭中，女人不应该只是服侍男人的附属品，进而主张职场应该进一步向女性开放，社会应增设托儿设施。

处于这个年龄段的女人，在经历了结婚、生育、哺乳、教育子女等一系列问题后，总算不需要再在孩子身上花费巨大精力了，可以从育儿的繁重工作中解脱出来了。可是正像一位女性所说的："从育儿的工作中解放出来，环视身边，却只有大把的空余时间，而没有自己可以做的事情。"这也是这个年龄段的女人所共同的感受。于是情不自禁地生出这样的疑问："我们到底该做些什么？难道今后只能一心一意地服侍丈夫，度过下半辈子吗？"到后来，疑问变成了焦虑：照这样下去，只会被丈夫、孩子和社会抛弃，由此产生出先前所述的不满来。

所以说，至少在日本，女权运动是由于这两个年龄段的女性从自身的不满发端，汇成一股合力，最终演变为所谓的"女权运动"的。

然而不可思议的是，在女权运动的口号中这类来自日常生活的不满却丝毫也没有体现出来。女权运动最热火的 1970 年"一

○·二一”国际反战日[1]那天，日本首次女权运动大游行中的标语牌上书：

贞女和从军慰安妇是侵略的助长者！

团结使妇女更坚强！

控告根深蒂固的陈旧妇女观！

彻底实施避孕教育！国库应负担堕胎费用！

女人是什么？！男人是什么？！

粉碎将性游戏化的企图！

反对禁止堕胎！

“妈妈，结婚真的很幸福！”

……

从中我们看不到前面提到的女人的种种不满，相反似乎表现出一种试图从更高的立意上来审视女性的态度，并且表现出一种非常激进的倾向。

由于这样的原因，出现了前述的女权运动支持者的年龄构成，而且实际上投入行动的多为20岁刚出头的年轻女性。所以，她们的口号就必然表现得非常激进，并且盲目和鲁莽。这个年

1　1966年10月21日，日本工会组织劳动组合总评议会发起反越南战争总罢工，之后美国等世界各国也纷纷于每年10月21日举行反战活动，渐渐固定化为一个重要的纪念日。——译者注

龄段的女性所追求的姿态、形象成为了第一，那种小家子气的身边琐事自然从她们的口号中消失了。

当然，要把各个层次、各个族群的女性的要求汇总起来是一件非常困难的事情，于是，只要将男性本身列为敌人就容易找到一个共相。所以许多主妇都摇着头表示："当然赞成女权运动，但是做法好像太激进了。"在年轻女性中也有不少人持这样的看法。

综上所述，在女权运动的支持者中，本身就包含了不同的态度差异，而与反对者之间的差异就更大了。

从被动的女人转为主动的女人

自从美国发起女权运动以来，"从附属于男人的女人中彻底解放出来"便成为这个运动所追求的终极目标。

通俗来讲，也就是"从被动的女人转为主动的女人"。

可是，这种摇身一变的角色变革究竟能否实现呢？这个问题事关重大，因为它能否实现，决定了女权运动能否成功。

从这个意义上讲，先前提到的那些口号标语是多么地微不足道。

如果说贞女和从军慰安妇是侵略的助长者，那么女人不必保持贞洁，偷情卖笑，同时不去做慰安妇就可以了；而彻底实施避孕教育，只需在学校和家庭导入性教育即可；堕胎费用由国库负担，只要政府真正想做也非常简单，尽管被称为“堕胎天国”，但是同日本现有的医疗保险赤字比起来，这个数字简直是小菜一碟；至于粉碎性的游戏化，如果真那样，则堕胎也会日益减少，岂不是一举两得？反对禁止堕胎之类的口号也不用叫了。

如此看来，任何一个目标都不难实现。

至于日常生活中的一些具体问题就更加容易了。消除男女劳动报酬的差距，承认女性的能力，工作中对男女一视同仁，同样严格，女性不需要再为男性同事端茶倒水，增加托儿设施……一切都非常简单。

对女性的要求全盘接受，是不是女性就得到了解放？是不是从男人附属品的处境中也解脱出来了？

遗憾的是，答案却是“否”。即使接受女性的这些要求，女人依然不可能同男人真正平等。

为什么？

理由很简单：性并没有独立。

即使社会性的要求全部得到满足，但只要就性而言，女人依然没有从男人的附属品中独立出来，当然也就不可能有真正意义上的女权。只要看一看先前投身女权运动的女人之间的差异就很容易明白这一点。

前面提到，女权运动最热心和最激进的推动者是20岁出头的独身女性，其次的支持者主要是40岁上下的家庭主妇，而态度最为冷淡、最漠不关心的是20来岁至30来岁的妇女，她们已经结婚，正全心全意地将心思花在服侍丈夫和教育子女上。

这样的分类不无粗糙，有点儿过于大胆。因为20出头的年轻女性中也有反对女权运动的，而30岁左右的已婚女性中也有人赞同女权运动。

总体来说，反对者占了大多数，假如将其与赞同者合在一起来探讨，无异于将小数点后面二位数当作小数点后面五位数来处理，会犯统计学上的错误。因此，这里仅就赞同者来进行分类：

一、20岁出头的年轻女性；

二、30岁左右的女性；

三、40岁上下的妇女。

各个年龄段的女性之间，对于女权运动的态度也相互有异。

第一组多数是未婚女性，故从严格意义上讲，对于性还缺少感性理解。简单来讲，在性方面，她们是幼稚不成熟的。

第二组的女人对性已经有了体验，并且日复一日越来越沉溺其中，换句话说，这个年龄段的女人对于性有充分的理解，这方面非常充实。

第三组女人在性方面比第二组欲望更加强烈，然而难以得到满足，换句话说，其对于性的欲求不满已经慢性化了，只能通过其他方式来排遣这种不满。

从性的充实度方面讲，第一组与第三组是同质的，两者唯一的区别在于，第三组女人曾经品尝过性的快乐，第一组却还处于未知的状态。

通过以上分析可以得出这样一个结论，从性的充实与否的角度来审视女权运动背景下的女人，高喊口号、热衷于运动的女人从根本上讲是性得不到满足的女人，关心并支持这一运动的女人虽然享受着性所带来的快感，但是还稍感不足，而反对这一运动或对其毫不关心的女人，则性生活充实、感觉非常满足。

阴蒂快感与阴道快感

对女人来说，真正意义上的性的充实感究竟是什么呢？

这是一个非常难以解释的问题。

一般来讲，这种充实和满足感包括精神性的快感和肉体的快感两部分。最最理想的当然是两者同时得到满足，如果硬要分出个先后顺序的话，精神性的快感在处女或年轻女性身上占据优先的位置，而随着年龄增长，肉体的快感越来越受到重视。

年轻女性没有性经验，但是依然对女权运动不屑一顾，就是因为精神上十分充实，比如美貌受到众多男性的争相宠爱等。

然而，精神性的快感对于大多数女人来说，只是一时的、从属的，只要看看过去的女性历史以及文学作品就会明白，最终必定是肉体快感优先。契诃夫的《可爱的女人》和劳伦斯的《查特莱夫人的情人》就是绝好的例子。

所谓女人的成熟，其实说穿了就是肉体上的成熟，而肉体上的成熟，除了通过与男性的接触交往、体验和品尝性的快感之外别无其他。

众所周知，女人基本的性快感分为阴蒂快感和阴道快感两种。此外，还有口唇、耳后根等性感受，但它们都不属于最重要的生殖器官范畴，故而在此忽略不论。

这两种性快感中，从第二性征开始出现，阴蒂快感便迅速发育成长。很明显，处女在现实生活所体验到的性快感便是阴蒂快感。阴蒂快感自少女期就已经存在，它不必经由男性来开发，是一种独立存在的快感。而阴道快感在少女时期则处于休眠状态，无论阴蒂快感如何发达，也无论女人怎样发挥她们的想象力，没有男人的介入（勃起和插入），阴道快感是不会被唤醒的。

可以这样说，女人的成熟过程显然就等同于这种阴道快感被唤醒和被开发的过程。

不过在最初，阴道快感却不及阴蒂快感来得重要。但不可思议的是，这种感觉一旦迎纳了男人的性器之后，便急速被唤醒，远远超过了阴蒂快感。

这是由阴道内壁黏膜惊人的感受性这一生物学事实使然。通过对男人性器的接纳、包容、相互摩擦刺激等一系列行为，在完成交合的同时，女人心理上也感受到一种充实。从这个意义上讲，阴道快感较之阴蒂快感更加复杂，也更加具有精神性。

从另一方面来说，正是由于这种阴道快感超越了阴蒂快感，占据了优先的地位，生殖这一行为才得以进行，人类才不至于灭绝。笔者先前使用了“不可思议”这个词，其实就是惊叹于大自然造化之精巧，因为除此以外，我们实在找不出任何其他词汇来形容。

相反的，男人没有阴道，只有阴茎。从胚胎学的角度讲，阴茎相当于阴蒂。

换句话说，阴蒂可以被视为是以退化形式出现的阴茎，自然其表面的神经分布一如阴茎。事实上，两性人也就是俗称“阴阳人”的畸形病人身上，除了一条被称为尿道下裂的纵向裂口外，生殖器的位置长着一个男人看来像是缩小了的阴茎、女人看来则是肥大化了的阴蒂的东西。在两性人身上，阴茎同阴蒂的关系显得模糊不清，浑然一体，处于转换过渡的阶段。

近年有报道说，由于男性向女性的性转换不彻底，阴蒂的退化不充分，异常的肥大，以至于农村的助产医生以及近邻农妇们时常将新生女婴误以为是新生男婴。

从胚胎学来看，阴茎与阴蒂的神经分布以及黏膜构成几乎完全相同，因而男人能够想象出女人的阴蒂快感，大致与阴茎感受到的快感一致。

因此，就像男人抚弄阴茎进行自慰，从中得到性的满足一样，女人也可以做同样的事情。处女的自慰全都属于这类阴蒂快感主导型的满足。只要通过阴蒂快感得到性满足，男人女人一律都可以不借助异性的介入，即在性方面得到了完全的独立。于是，就性而言男女真正实现了平等。

然而，女人（应该说是贪婪还是幸福呢）在阴蒂快感之外，却还拥有阴道快感，而且后者比前者占据着更加优先的位置。所以单就快感来说，大自然的规律其实是男女不平等的，女人比男人更加优越。

不过，大自然在施与女人某种恩典的同时，也附加了一个条件，就是要想获得这种快感，必须经由男人的介入才可以。

倘若不加约束，女人就会毫无节制地一路狂奔，所以自然造化设置出这样一个条件，不然的话男人就太凄惨了。

然而从女人的角度来看，自然造化的这个条件一方面给予女人莫大的欢悦，另一方面也给女人带来了极大的痛苦。欢悦不必说，当然是指在阴蒂快感之外，还可以获得数倍于它的阴道快感；而痛苦的却是要想满足这种快感，就不得不通过男人，假如没有男人这个操纵者，整部快乐机器就无法运转起来。

年轻的女人当然不知道自己身体内还蕴藏着非常美妙的阴

道快感，所以不会想到再去奢望更多。

可是由于某种机遇，年轻的女人通过男人而了解了这种快感，于是先前的阴蒂快感就如白昼的电灯一样，迅即退去了所有的光芒。她们毫不犹豫地追求起阴道快感，可能的话，则两者兼而得之，正所谓“三十如狼，四十如虎”，变成一个贪婪的女人。

结果是，先前只知道阴蒂快感而独立的女人，如今因追求阴道快感而变得从属于男人了。这种快感想起来就会让人感觉幸福得头晕目眩，只要男人能给予自己满足，女人会甘愿作出任何牺牲。

这种基于身体内部欲求的行为，表面上看起来似乎是女人的献身，但是说献身也好，说热爱也好，假如去掉精神性的内容，细究一下肉体上的行为原型，就变成了赤裸裸的单纯的性欲本能。

女人只要不放弃对阴道快感的追求，就不可能独立于男人，就只能永远从属于男人，守住家庭，一味迎合男人的意向。女人的幸福与悲剧同在其中。

但这不是绝对的。自然造化虽然将阴蒂快感和阴道快感都给予了女人，不过并不是非享用不可，如果女人不乐意大可不必享用。一辈子保持处女之身的女人就不知道阴道快感。这类人中，有的是因为没有遇见意中的男人，不得已而只能满足于阴蒂快感，也有的是出于自己毅然决意。看穿爱情的虚幻，断发为尼的女人当然便是后者。且不论初衷和过程如何，结果就是这样，女人便不需迎合男人的意向了。男人粗暴也好，男人花心也好，女人都不必倒竖柳叶眉，朝男人生气发火了。

这样的女人才是真正独立的女人，她们可以完全自由地支配自己的生活，其代价则是放弃那种令人心荡神迷的忘我的快感。

两者择其一，选择权完全在女人自己手中，不会有任何男人介入和影响其选择。

然而，大多数女人还是选择享受快感。

明明知道这样将忍受被男人支配的屈辱，但还是选择快乐。

不像阴蒂快感那样，男人对阴道快感是无法想象的。有一种被称为“肛门快感”的性感受大概与此稍许近似，但是黏膜和器官的适应性以及体位的缘故，较之阴道快感还是相去甚远。

体验过肛门快感的男人，对阴茎快感不屑一顾，可是女人中耽于肛门快感而放弃阴道快感的却闻所未闻。

从以上事实也可以看出，阴道快感对于女人来说是如何的美妙。

女人的弱点

所谓男女平等，假如不从性的根本出发来讨论就毫无意义。

女人嘴上说讨厌“女人味”、讨厌守在家里，但这只不过是一时情绪化的念头，从生理上讲，女人本来就属于接受型的。或许是作为补偿吧，女人可以享受到阴道快感，这是一种男人无法体验到的妙不可言的感受。

即使不喜欢在职场为男人端茶倒水，不喜欢在家中为丈夫和孩子煮饭烧菜，甚至厌恶怀孕生育，但只要有了亲密爱人，体验到阴道快感之后，女人也会心甘情愿地为这个带给她这种快感的男人端茶、煮饭、为婴儿织毛衣。这样的女人又怎么会独立呢?

不论有的女人现在如何高喊着女权口号、如何毫不留情地攻诘男人，但这类女人很难保证有一天不会变成追求阴道快感的女人。

因为这类女人大多数是独身女人，相对来说相貌也平平。想来没有男人柔情蜜意地教过她们什么阴道感觉，想来也从没有体验过这种美妙绝伦的快感。没有体验过这种快感，却高喊着女权口号，就如同从没有品尝过某样食物，却莫名其妙地厌恶它一样。聪明的女人，或者说体验过阴道快感的女人，是绝对不会这样做的。

较之性的独立，不如选择从属，同时享受阴道快感——这似乎是个明智的抉择。体验过阴道快感、享受过它的美妙感觉的女人，是不会牺牲它来换取所谓的自由和独立而做“赔本买卖”的。这不是理性的选择，而是身体的本能选择。

说到底，所谓女权运动只是少部分不懂得阴道快感即没有真正成熟的女性在推动，而她们因为永远止步于阴蒂快感，所以才会热衷于女权运动。

但是，她们的阴道快感目前处于休眠状态并不意味着今后没有被唤醒的可能，而一旦被唤醒再想要放弃就会变得难乎其难。这时候，她们就会像 40 岁上下的主妇那样，成为态度有所保留的女权运动者。

男人并没有有意识地约束女人和支配女人。在现实生活中，看上去似乎是这样，但这并不是因为男人强迫女人，而是女人自愿从属于男人的。当然起初也并没有意识到，等意识到时已然变成了这个样子。

这不是发生自人的大脑皮质上部、人类独具的复杂过程即意识或思考的结果，而是从极其简单的性的原型自然发生的结果，它不是可以拿到理性的高度来讨论正确还是错误的问题，它只能是由身体产生出来的问题，若说深奥非常深奥，若说浅显又非常浅显。

综上所述，女权目标达成与否的绝对条件只有一个：

女人的身体条件能否改变。

女性的独立

按照女权运动的口号，“从被动的女人转为主动的女人”，即在两性相悦的过程中，女人应争取自己的主体性。作为口号这是很容易理解的，可惜在现实中它却是一句无法实现的空话。

无论女人在性爱过程中如何掌握主导权，这个过程终究是以男人的插入来完成的。说句老实话，这个插入的时机男人只要延后几分钟，女人就会感觉很不爽，于是乞哀告怜，央求男人尽快插入。在这一瞬间，主导权完全转移到了男性手中。

通过这种方法，男人可以轻而易举地保持主体性。对厌恶性事的女人进行“性教育”，使之变成好色的女人，又是一种方法。当然男人同样是好色的，对肉体快感的追求优先于对精神快感的追求，这一点和女人不相上下。

如果有人对此表示讨厌，那也没办法，因为人类就是这样一种动物。

归根结底，问题的发端在于，女人同男人相比性感受更丰富更强，因为女人拥有阴道快感这种绝妙的性感受。所以，倘若要同男人平等的话，必须先将它舍弃。

又要拥有阴道快感，又要保持主体性，则似乎有些贪得无厌了，造物主是不会允肯的。因此只能二者择其一：或舍弃快感，或拥有快感但牺牲独立从属于男人，除此以外没有别的选项。

热衷于女权运动的女人由于不知道阴道快感，因此才会毫不吝惜地将其舍弃。但是一旦体验了这种快感，就不愿意舍弃了。男人清楚地了解这一点，所以对于女权运动不会感到丝毫威胁，他们知道，只要世上存在阴道快感这种美妙的感觉，女人总归会从属于男人的。同时，他们也为热衷于女权运动的女人不知道阴道快感而感到可怜。

只要存在阴道快感，男人也可以牺牲一定程度的快感，而能够使女人从属于自己。

所以说，男女间要实现性平等，女人就必须丢弃掉阴道这个器官，舍弃掉阴道快感。这样，女人就不再需要男人了。

然而，除非发生突然的种群变异，否则至少到 21 世纪，女人身上不会发生此种变化，女人的阴道也根本不可能消失。

当然男人们也不可能彻底地高枕无忧。

因为难保不会出现阴蒂特别发达而阴道渐渐退化的女人，这类女人因越来越多的丈夫丧失性功能而逐渐增多。她们出于不得已的理由，而将自己磨炼得只靠自己就可以得到性的满足，这部分女人无须抛弃保持至今的生活习惯，而去追求社会独立，她们在性方面已经享有了独立。

像这种由于丈夫的功能丧失这一令人同情的理由而导致阴道快感的退化，医学上视之为一种废用性退化。假如这种退化在年轻女性身上作为一种共性倾向而扩大的话，再过两三代人，或许阴道会彻底萎缩，而退化为一个小小的瘪坑。与此同时，阴蒂则不断肥大变成阴茎那样突起的器官，妊娠的问题全部由试管婴儿来解决，生育之后则由哺育器代替人工哺育。

这样的时代不能保证在不算太远的将来绝对不会到来，而倘使真的到来，女权运动的使命也就终于完成，男人或许不得不围着锅台煮饭烧菜了。

本章小结

一、热衷于女权运动的女人似乎大多数是肉体上还不成熟，没有体验过阴道快感的女人。因此，她们实际上是一群性的不满足者。由此来看，只要给予其性方面的满足，她们可能就会撤回女权主张。

二、只要性得不到独立，女人就不可能获得真正的解放。从这个意义上讲，女性解放的根本条件和首要条件就是舍弃阴道快感，而安于阴蒂快感。

三、有朝一日，女人身上发生阴道器官退化、阴蒂肥大的变化之时，真正意义上的女权主张才得以实现。这种变化的可能性应该说是很遥远的，但并非完全没有。事实上，现时由于男人性能力丧失的问题时有发生，在此背景下这种变化已经在逐步发生之中。

·第三章·

歇斯底里的女人

歇斯底里的女人是露呈出女人本来面目的女人，因此她们也是最女人化的女人，如果引导得法，能够成为极富性感、别有妙趣的女人。

绪言

德语“歇斯底里”(Hysterie)一词的语源来自古希腊语hystera，原意为子宫。

事实上，性器官没有疾患的女人或者男人甚至儿童也有歇斯底里现象，因此这个词显然不那么贴切。

在现实生活中，发生歇斯底里的绝大多数是成年妇女，从古代希腊直至今日没什么改变。因此，古希腊人将歇斯底里的发生归因于子宫机能出现异常，或子宫出现病患，应该说还是抓住了问题的关键。歇斯底里的病人大多数是女人，而女人身上最女性化的器官莫过于子宫了。

由此看来，作为女性论的本书将“歇斯底里的女人”单独成章，也是沿袭了古希腊的传统，是非常有必要的。

歇斯底里的诱因

发生歇斯底里的诱因，有多种多样。

经常被提及的是惊惧、发怒、兴奋等精神上的强烈刺激。有时候，坠落、火伤、冲撞、电击等肉体上的刺激也会引起歇斯底里，但是这种场合，诱发歇斯底里的直接原因并不是肉体上的外伤，而是由外伤引起的精神刺激。

无论哪种情况，精神刺激都是最主要的诱因。

可见，歇斯底里的诱因是非常清楚的。但是对于同样的诱因，有的人很容易产生反应，从而诱发歇斯底里，有的人却不容易产生反应。前者具有被称为歇斯底里体质的特性，这是一种遗传性的特性，同一家族中大多不止有一名患者。因此，歇斯底里症具有许多先天性的因素。

然而这种歇斯底里体质也不完全是先天性的，个人的生活环境、生活状态等也可能诱发歇斯底里的发生。家族中并没有发现歇斯底里特性，但是嫁到一个人际关系复杂的家庭后，却发生歇斯底里的病例就是一个很好的证明。在这样的病例中，显然是后天的生活环境促使了歇斯底里特性的生成。

从这个意义上讲，幼少期的精神教育对一个人的成长具有极大的影响。精神科学者已经证实，如果放纵儿童的任性，使其从小就养成什么事情都以自我为中心、特立独行的性格，沉迷于空想和妄想，使儿童精神过度疲惫，同时过早地对其施以繁重不堪的教育，这些都使得儿童精神系统的抵抗力大为减弱，从而为他以后歇斯底里体质的形成埋下祸根。

总而言之，这种疾患（严格来讲，称之为一种精神性的过度紧张状态似乎更加贴切）在先天体质条件的基础上，如果再叠加以后天因素，就会更加明显地显现出来。

正如古希腊人所认为的，这种疾患的患者中女性占了压倒性的多数，但偶然在男性中也会出现。

有关歇斯底里的统计资料少而又少，并且因国家、人种、年代的不同而有所差异，就日本来说，相对于一个男性患者，女性患者的人数为七至八人。换句话说，歇斯底里症患者十个人中只有一个半是男性，其余都是女性。

这还仅仅是那些症状明显、被确认为需要收容进医院进行精神治疗的患者，事实上，如果将在生活中遇到的歇斯底里患者后备队的人数算上，据说女性与男性的比例大概高达20 ∶ 1。

如此看来，几乎所有的女人都具有发生歇斯底里的可能性，而男人则在这个可能发生歇斯底里的集团中，充当着制动器的角色。

再来看发病的年龄。一般认为 15 至 25 岁的青春期是歇斯底里症的高发期，因为处于这个年龄段的人情感波动特别剧烈，对于精神刺激的感受也特别敏锐。其次是更年期的女性、30 至 40 岁的中年女性。8 至 15 岁的少儿也会发生歇斯底里，甚至 1 至 3 岁的幼儿也偶有发生，称为小儿歇斯底里，一部分多动、易怒的幼儿也可归入这一范畴。

人种差异在歇斯底里症中体现得较为明显，一般认为法国人比德国人发生歇斯底里的概率要高，而犹太人则比法国人更高。

如前所述，以前人们曾经认为歇斯底里是由于女人性器官病变而引发的病症，但是在性器官没有发生异常的女人以及男性、小儿身上也可以发现歇斯底里病例，因此这一看法是错误的。不过，性器官异常的女人中发病更多这也是事实。这应该看作是性器官病变对女人造成了极大的精神上的影响，从而成为歇斯底里的诱因，而性器官的病变本身并不是直接的诱因。

同样的，月经、妊娠、产褥、禁欲等也都是歇斯底里发生的间接诱因。

弗洛伊德等人对于性在歇斯底里中所起的作用极其重视，甚至将之统统归因于与性相关的精神因素。现在，大多数学者都认同歇斯底里主要是由精神因素引起的，但是对于完全归因于性的问题，仍有许多学者无法赞同。

反对意见主要集中在，幼儿期以及男性的一部分歇斯底里病例，显然无法归结为性的原因。

的确，说一两岁的幼儿便拥有性欲或者性妄想，似乎让人难以置信。不过这仅是站在成年人立场作出的推论，幼儿的真实心理唯有幼儿自己才知道，或许这个时期就已经在潜意识中蓄积了与性相关的欲求或是不满也说不定。

至于成年男性，经常被提起用来作为弗洛伊德学说反证的例子是，多数歇斯底里症源于军人患者对战争的恐惧以及强烈逃跑的愿望，这种歇斯底里症患者似乎逃避战争的欲念要远远优先于对性的欲念。不过由于长期处在军队这个禁欲的状态中，久而久之，很容易形成诱发歇斯底里的后天性因素，因而也不能一概否定性的影响。

当然说到底，像弗洛伊德那样将一切都归结于性，笔者也觉得似乎过于武断，以偏概全了。

歇斯底里的症状

歇斯底里的症状有多种多样，医学上将其分为知觉性、感觉性、运动性和精神性四大类。

知觉性障碍是歇斯底里症最常见的症状，包括临床表现截然相反的知觉过敏和知觉麻痹两种。其中知觉麻痹最为常见，其发作方式既有突如其来式的，也有循序渐进式的；发生部位可遍及全身，一般呈岛状或斑状散在分布，有的时候则可大范围地遍及整个左半身。与此同时，患者的触觉、痛觉、温觉、冷觉等皮肤感觉全部消失，咽喉、肛门、阴道的所有感觉也一同消失，这常常是造成性感缺失以及大小便失禁的原因。

知觉消失的部位有时候会毫无理由地发生转移，表现症状也有所不同。在发生痉挛或临近歇斯底里发作时，知觉消失的范围会时大时小，一旦发作则又恢复知觉，而且这些部位的汗分泌也会出现异常，有时汗出如洗，有时则一滴汗也不出。

这些症状变化中最令人感兴趣的是，它们可以通过催眠术的暗示轻而易举地发生转移，例如将知觉麻痹部位从右侧乳房周围转移到左腿上。

皮肤过敏也同样。其易发部位通常为心脏、脊柱、左右卵巢内的中央部位等，这些部位医学上称为歇斯底里区域。如果屡次发作的话，在这些部位甚至只要用手按压就可能引起发作。

歇斯底里性麻痹的症状通常在受到精神刺激后出现，部位以手足部尤其是足部为多。有意思的是，因其他疾患而导致下半身麻痹的场合，膝盖无法转动，脚腕也无法屈伸，但是歇斯底里的场合则显得有些不合常理，往往手腕可以转动却不能握笔写字，两脚可以自由伸展却无法站立，仿佛是在特意强调其麻痹症状。此外，通常在歇斯底里的前提下，这些症状都可以通过暗示或者麻醉而很容易地使其消失或部位转移，这也是其一大特征。

歇斯底里症还经常伴随着排泄分泌机能的异常，例如小便无法排出、出汗异常、唾液增多等，在发作临近止息之前尤为明显。这些症状都是由于自律神经的一种交感神经失调而引起的。

消化不良、胃痛、便秘、腹泻等肠胃障碍也是常见的症状，这同样是由于自律神经失调引起的。

歇斯底里的患者中，有的还会产生呕吐感，吞咽下去的食物冲口而出，然后再吞咽进去的反刍现象。在这个反复的过程中，大量空气也一同被吞进胃中，形成腹部满胀，容易被误诊为腹膜炎或是妊娠。但有经验的精神科医生采用氯仿麻醉立刻就能使其腹部平复下来，因此是不会误诊的。

粗略地划分，歇斯底里发作可以分为剧烈发作和轻微发作。轻微发作一般初起于胸部不适、有压迫感、晕眩，随后手脚瘫软倒地、双眼紧闭、口不能言，同时呼吸急促、心跳加快、脸色潮红或是苍白、全身震颤。

男人若是看到女人这种症状，应当立即朝女人面部或后背浇冷水，同时可以配合适当的语言暗示，解除造成其发作的原因。

例如，倘若是由于丈夫在外面花心引起妻子歇斯底里发作，丈夫可以对她说“那个女人我其实根本就不喜欢”“我最喜欢的是你”“人人都说你最漂亮，我也这样觉得”等，同时可以亲吻她，必要的话可以亲吻其敏感部位。

这种病症的特征是暗示的方法有时候比药物更加有效，所以碰到这样的场合，不妨大胆地说出她想听的任何话。

剧烈发作一如字面所示，发作时各种症状更为严重。

根据这方面的著名研究专家法国人夏尔科的研究成果，歇斯底里的剧烈发作又可细分为三期：第一期主要症状为强烈的癫痫状痉挛，患者几乎失去一切意识，不由自主地跌倒在地；第二期为大运动期，患者腹部突出，像弓一样反拧着身体，在地上打滚，有时候会从地上爬起来；第三期患者会作出各种随意且带有各人性格特征的姿势，以这种姿势再现患者所受到的精神刺激。例如，有的患者两手张开，仰头向天空，表现出绝望的样子，有的则用一只手按在额头上，一只手捂住胸口，表现出悲痛难抑的样子。

这三个阶段就是歇斯底里症发作的全过程。

事实上，就各个患者的发作症状来看，不一定都能清楚地显现出三个阶段，通常情形是各个阶段中夹杂着多种多样的其他症状。

除了肉体上的痉挛发作，患者发作时往往还伴随着精神上的痉挛，即一种病态的兴奋状态，包括秽语症（coprolalia）和言语模仿症（回音症，echolalia）等，患者会不由自主地说出一些极其污秽、平时羞于启口的话语，或者像鹦鹉似的不断重复别人所讲的话。想象一下夫妇吵架时的情形，大致就能明白那种症状。

歇斯底里症的特异性

以上介绍了歇斯底里的各种症状，根据这些症状可以粗略地划分出三大类歇斯底里患者。

第一类，平时与一般人并无二致，但具有歇斯底里特有的神经症状，易兴奋，同时很容易接受暗示，一旦受到精神刺激，这种性格特质就会完全显现出来，通常伴有头痛、心动过速、食欲不振、呼吸困难等。

第二类，平时与常人无异，或者只有个别前述症状，但一旦受到刺激，容易出现麻痹、痉挛以及手脚震颤、知觉异常等，这些症状有时候会持续长达数月甚至数年，有时候又会突然间毫无原因地消失，有时候则会转移为其他疾患。

第三类，重症歇斯底里，除了更易剧烈发作之外，前述其余各种症状也更加严重。

有一点不能忽视，即引起这些病症发生的精神障碍。

精神异常是所有歇斯底里患者所共通的症状，并且大致具有共同的特点，即极易受到外界事物的影响和刺激，情感脆弱，情绪易激动，容易从一个极端走向另一个极端，喜怒哀乐不稳定；往往喜欢夸大事实，虚构事实尤其是针对自己的病情，以博取别人的同情；利己情感浓重，阴险狡猾，任性，执拗；一般为人机敏灵活，但有时候也会显得迟钝。

歇斯底里与癫痫的症状对比表

	歇斯底里症	癫痫症
一	慢慢倒地，一般不会受伤	突然倒地，常伴有外伤
二	脸色潮红或略显苍白	突然脸色苍白，之后双唇也变得苍白
三	有瞳孔反应	瞳孔放大，但无瞳孔反应
四	痉挛主要见于上下肢，在地上辗转翻滚	全身可见剧烈的痉挛
五	没有舌头咬伤现象	经常伴有舌头咬伤现象
六	出现意识障碍，但不至于人事不省；痉挛的同时会大笑、哭泣、叫喊等；发作时情绪激动，出现妄想	完全人事不省；有时初发作时会发出绝叫
七	发作持续时间半小时至一小时甚至更长，经常会突然间清醒过来	一般很少超过数分钟，发作后陷入熟睡
八	可以通过催眠术或按压歇斯底里区诱使发作或中止发作，泼冷水或使用冷敷法可以使患者清醒	左记各种方法不起作用
九	不发作时还可见其他歇斯底里性症状	不发作时毫无症状

此外，歇斯底里患者一般多为体弱消瘦的人，偶尔肥胖而胆小者也应注意。

以上就是歇斯底里患者精神和身体两方面较为常见和较为固定的特征，将之与上表歇斯底里与癫痫症的症状对比起来看，就会更加清楚。

表中特别有意思的是，歇斯底里患者的跌倒方式。

他们并不是因为身体上的原因例如疼痛或是不适而跌倒，而是由于受到某种刺激引起强烈的精神兴奋而跌倒的，即使伴有晕眩或呕吐感等，但意识是清醒的。因此，这种跌倒方式是非常合理，非常具有目的性的。

显然，患者的潜意识中是想要表现这种刺激使自己受到了多么强烈的打击，在显示自己受到打击的同时引起别人的关注，在此基础上进一步让对方处于难堪的境地。通过这一系列目的，提高自己的存在价值。

为了上述目的，即使肉体上受点伤也在所不辞。

从这里，我们可以清楚地看到歇斯底里患者极度地以自我为中心以及虚伪的性格。

熟知以上特征的人看到患者跌倒，会不由得发笑：“一样要跌倒，干脆躺下来睡上一会儿好了！”但假如对其毫不在意，患者就会手脚更加剧烈地抽搐，并发出大声呻吟，完全一副小孩子对抗大人、一心引起别人关注的样子。

这种情况既令人可憎，但若考虑一下其内心的情感，又不由得让人觉得可爱。不管怎样，患者在拼命地强调自我这一点是确实无疑的。虽然令人感到棘手不好处置，但本质上讲，患者并无恶意。

“好了好了，是我不好。你不要紧吧？”这样温柔体贴地照顾，显出一副紧张、手忙脚乱的样子，患者就会想自己的行为奏效了，于是过一会儿便会抬起头，朝四下张望几下，然后慢慢地站立起来。

这就好比对一个屁股挨了打哭泣不止的孩子，大人哄他几句：“是妈妈下手重了，你屁股不痛吧？”孩子就会破涕为笑一模一样。

从这一点上讲，歇斯底里患者确实是充满了孩子气。

然而不了解这一特征的人碰到这种事情一定慌了手脚，心脏是不是停止跳动？脉搏还有没有？同时向身边的人求救和拨打急救电话，周围的人也是六神无主，又是灌药又是打针的，拿不定主意。

由于患者并没有完全丧失意识，所以她眯起眼睛观察着周围人所做的一切。

歇斯底里的女人从中体验到一种自我满足感，产生自己是舞台上女主角的错觉。本来歇斯底里的发作只是因为悲痛或愤怒等某种单纯的精神刺激，情感高涨到极致，以至于瞬间爆发，患者的潜意识中是想让对方明白自己因此而多么悲痛、多么愤怒，通过将对方一同卷入这种状态而让对方认同自己。

歇斯底里发作的一幕完全是被暗示所操控了的女人所演出的一出戏，主角是女人自身，其他的人全都是观众。观众自然是越多越好，如果为其演技而感动演员会表演得更加卖力，假如观众的反应冷淡，不屑一顾，演员就会捶胸顿足，懊恼不已。

这虽然是一场个人演出，但是从一开始，由于这场舞台剧诞生的必然性，对方（例如因花心而给予她精神刺激的男人）也成了她的助演和配角，有了助演和配角，女主角理所当然便诞生了。

女主角诞生，投入地诉说起爱的艰辛和痛苦，眼角抽搐着，嘴巴不听使唤，进入发作阶段之后，整个舞台便成了她一个人独演的天地。配角一下子慌了手脚，在观众席和舞台后台来回穿梭，最后变成她剧情中的一只碗碟、一只茶杯或是其他可以随意甩来甩去的小道具。闻声赶来的人群全都只是观众而已。

如果观众为女主角的演技折服，听得出神，看得陶醉，觉得她确实可怜值得同情，那么演出的目的绝大部分已经达成。助演对手戏的男人在无限悔恨之中向女主角赔罪道歉，发誓一定好好待她，于是舞台即将转入落幕。

悲剧的女主角觑准火候，在这个时候再来上一段更加激昂、更加震撼的号叫。用“起承转合”的结构术语来讲，这会儿就相当于“合”的部分了。

经历了巨大的跌宕起伏，如果立刻转入落幕，似乎缺少了点余韵。所以女主角往往会在大的波澜之后，在舞台上再吹起几个小波澜，她会无声地潸然泪下，有时候则会用哀怨的眼神注视着观众席，这是一个象征性的姿势，仿佛在说：“这就是我在舞台上想要表现的东西。”

在前面描述症状时曾提到过的这种带有各人性格特征和情绪特征的姿势，预示着一个大团圆的结局即将到来。

观众知道了女演员想要表现的内容，叹息着，点着头，发出赞许，谁都觉得她可怜，同时觉得男配角是个坏男人。

这时候大幕才落下。女主角或是抬头仰天，或是俯首朝地，无不是一种象征性的姿势，随后她会消失在大幕后。

静谧中舞台上这一幕终于结束了。

这之后，只要男配角以及周围观众一同努力，消除导致她演出这一幕的原因，相信相当长一段时间内她不会再登台。

以上一幕中最应当引起关注的是，歇斯底里女人的被暗示性特别强，尤其在发作时更加明显；另一个特征则是其妄想的内容在发作之后便消失得无影无踪，而下一次发作时又会被记忆起来。

从这个意义上讲，歇斯底里发作时的状态同催眠状态如出一辙，换句话说，催眠状态也可以理解为是一种人为呈现的歇斯底里状态。

在一些电视节目中，一本正经地进入催眠状态的那些妇女全都发生了歇斯底里现象。将家中发生的事情搬到电视节目中来，或许有些启发教育意义，不过似乎不是很妥当。

因为歇斯底里发作的诱因大多是一些琐碎小事，加上了暗示，就会像滚雪球似的越来越大，最后引起发作。治疗的方法则是将这些琐事所给予的暗示消除掉。

例如，若是丈夫花心引起的歇斯底里，首先丈夫应立即表白“绝对没有这回事情！我最最爱你！”说上一百遍一千遍，目的是要通过暗示让患者知道他最爱的是自己。当然光嘴上说还不够，还可以买件礼物送她（价值倒在其次），或是将其他女人写来的信当面撕毁，或是痛骂那个女人一顿，等等。但是大多数场合，最有效的方法还是做爱。

笔者虽不想步弗洛伊德的后尘，但是可以说几乎所有女性歇斯底里患者的病因都是性方面的原因，其中大部分是因为性不满足以及性不和谐。因此对于绝大多数歇斯底里患者来说，给予其性的满足是一种迅速有效的治疗方法。

在现实生活中，对于歇斯底里套用理论去对付自然是愚蠢至极的。当狂风暴雨来临也就是发作的时候，不妨静下心来忍耐，反正至多也就是持续半小时或一个钟头。怕砸坏、损坏的东西事先转移到别的场所放好。即使发作，她也并非完全失去意识，因此她最珍爱的东西是绝不会去损坏的，一般发泄的对象无非是丈夫所珍视的书籍、盆栽、收藏品等，以及扔起来和砸下去会发出巨大声响的玻璃器皿、陶瓷器等。

当她疲惫无力时，即是发作临近结束的时候。这个瞬间千万不要放过，要立即抓住时机抱紧她。或许她会怒吼："肮脏！讨厌！滚出去！"不过这已经是她的最后招数了，丈夫应耐心听她发泄。

假如她仍然狂暴难抑，作为最后的办法还可以照她脸颊上扇几记耳光，然后使劲抱住她亲吻她。

以上通过医学上的以及经验上的考察，我们可以窥见歇斯底里女人隐藏不露的深层心理。

也就是说，她们本质上属于想象力丰富、极易被暗示的自恋狂。而自恋狂的以自我为中心主义的表现就是对外具有强烈的自我显示欲，对内则是极度内向型的精神孤寂者。

她们的一切精神活动和情绪反应都是以这一深层心理作为原点，而她们的所有行为都可以以此来加以说明。

歇斯底里女人身边的男人

歇斯底里的女人身边也不乏男人。或许周围的人会好心劝告一句：快和那样的女人分手算了。

的确，如果从前述的种种症状来看，歇斯底里的女人确实令人厌嫌，她们是自恋狂，情绪波动不定，自私利己而又猜忌心极强，善于编造谎言，演技出色……似乎找不出一点儿好的地方。要说好，大概唯一也只有头脑聪明、想象力丰富吧。

但如果换一个角度来看，以上这些缺点都是男人评价女人时所使用的言词，是女人所特有的特性。换句话说，歇斯底里的女人身上几乎网罗了女人所有的特性，她们是女人中的女人。

不管对方是坏女人还是令人棘手的女人，男人所追求的本来就是包裹在女性这个客体内的女人，即自己所不具备的特性，就像正负相吸、阴阳互补一样。

歇斯底里女人具有最女性化的特性，从这一点上讲有其优点，而她身边的男人与之交往相爱，自然也具有种种好处。

试想一下：男人只要稍许生出一点儿花心，女人便立即大哭大闹；自己的和服比隔壁家太太的差，便在丈夫耳旁唠叨个不停；丈夫工作劳累了不想做爱，女人马上步步紧逼：到底我和公司比哪个更加重要……这样的女人对男人来说就像个沉重的包袱，实在应付不过来，至少旁人眼里看出来是这样。

然而事情反过来看又如何呢？丈夫在外面花心，妻子一言不发；穿着比隔壁家太太差劲的和服而毫无感觉；夫妇间不做爱妻子也无怨无恨——这样的女人对男人还有什么吸引力？

后者或许是贤惠的女人。这种女人对男人来讲确实毫无负担，感觉很轻松。然而，男人真的会觉得这样的女人有魅力吗?

男人是好色，同时又是喜欢做表面文章的动物，一面说真麻烦、真是不可理喻，一面却喜欢歇斯底里女人那种毫无保留展现自我的率直，与歇斯底里女人交往相爱，男人可以更清楚地感觉到自己身上的男性魅力及其带来的优越感。在社会体制这个大环境中，越是充满理性、具有自制能力的男人，就越容易被随性而动的歇斯底里的女人吸引，进而喜欢上她，因为从她身上，男人看到了那种他所向往的酣畅淋漓宣泄情感的情形，而那恰恰是自己做不到的。

当然，歇斯底里的女人身上也不全都是优点。她们容易囿于一种既定的思维，容易被暗示，容易不顾周围人的感受和对事物的斟酌，情绪表达毫无掩饰和控制。从这个角度讲，称得上是寡廉鲜耻。

有经验的男性读者或许注意到了，这类女人在性爱方面非常出色，因为她们可以忘记一切，忠实于自己的身体和感情，全情地投入。这也是歇斯底里女人的一个突出优点。

不过她们是一群自恋狂，一不小心操控不当，她们就会义无反顾地朝前闯去，将男人撇在一边。她们不想被人看作寻常之辈。有的男人就基于这个理由而想接近这种女人。总之，与歇斯底里女人不离不弃的男人其真实的想法恐怕是，在歇斯底里发作以外的时候，她们那种性方面的出色表现实在令人难以忘怀。

一言以蔽之曰歇斯底里，但个中也有好有坏，有程度上的差异。任何事物都是如此，如果极端的话就让人为难了。但若是不需入院治疗，仅仅是轻度歇斯底里性格的话，这种女人无疑是男人心目中的理想女人。

本章小结

一、歇斯底里的女人想象力丰富，容易受到暗示，是自恋狂。自恋狂的自我中心主义的表现就是对外具有强烈的自我显示欲，对内则是极度内向性的精神孤寂者。被暗示性使得她们变成情绪波动剧烈、多妄想、猜忌心重、善于编造谎言的演技派。

二、以上性格既有先天因素，同时与后天因素也有关，歇斯底里女人的后天性因素主要是性方面的问题。由此可以得出一个预测，今后的发展趋势势必是这类女人越来越增多。

三、歇斯底里的女人是露呈出女人本来面目的女人，因此她们也是最女人化的女人。

四、这类女人一般来说令人厌嫌，然而如果引导得法，却不仅能够使男人享有心理上的优越感，并且能够成为极富性感、别有妙趣的女人。

·第四章·

信奉永恒的爱的女人

相信世间存在永恒的爱并且热衷于此的，大多数是女人。

绪言

在教堂里举行婚礼的时候，男人必定会被牧师问道："你会爱这个女人一辈子吗？"女人也同样："你会爱这个男人一辈子吗？"男女都会坚定地回答："是的。"在耶稣面前向牧师起誓一辈子爱一个异性。

相爱的两个男女在这个瞬间会陷入一种恍惚的圣境，觉得眼前这个异性是自己此生最爱、最可信赖的人。

然而周围参加婚礼的宾客们，会不会相信两个年轻人的爱永恒不变呢？未婚的少女、坠入爱情中的少年且不去说，有结婚经历的人，对人生多少有了些感性认识的人，虽然也曾在耶稣面前发过誓，但他们绝不会轻易相信爱情是永恒的。比如双方的父母，恐怕也不会像两个当时人那样，觉得发过誓了，两口子今后就会永远和和睦睦生活下去。

这种时候，个别心怀嫉妒的人甚至会带着一丝同情和一丝幸灾乐祸这样想："瞧，这两个什么也不懂的家伙，在被人引诱着发这种无聊的誓哩。"而大多数默默听着的亲友们心里可能在想，要说最坏的人，大概要数那个让人发这种誓的耶稣了吧。

因为针对人最基本的欲望爱和食欲，耶稣基督并没有让人们郑重其事地发誓，唯独当人们结婚时，要求人们起誓说"一生只爱这一个人"。

这是为什么？是因为在教堂举行婚礼，所以一切都必须按照规矩这样做吗？似乎不见得。那么是不是有点表演过头了呢？

如此一想，不由得冒出一个疑问：最不相信男女之爱是永恒的人，莫非正是耶稣本人？或许耶稣因为知道一段爱情不可能永远存续下去，所以才要求两个人起誓，以便一开始就对此加以约束。

饥饿时要摄取食物，性欲高涨时要追求异性，这些都不需要郑重地发誓，人们自然而然就会去做。而两个男女永远相爱相守，或许并不是人类的自然行为。就好像道德、伦理等一样，原是违背人类本性的人为的东西。

相亲相爱的一对年轻人，大多相信自己的爱将永恒持续下去是完全合情合理的事情，再自然不过了，因而对耶稣的命令毫无反抗，唯唯诺诺地顺从。在这一瞬间，两个人已经变成了狼奔豕突般朝红布猛冲上去的斗牛，他们眼睛里只有那块红布，而耶稣基督可能早已冷静地洞察了这一切。

起誓的存在原本不是一种自然的形式，只有当必须将心之所趋硬是拽向另一个方向时，人们才需要起誓。

大型运动会开幕的时候，运动员代表会大声宣誓："我们将堂堂正正地参加比赛。"如果真的人人遵循体育精神的话，这种誓言就毫无必要了。之所以心事重重地出场来宣读一番誓言，不正是因为心里各怀鬼胎，一不小心人的本性就暴露出来，会做出什么违背体育道德、有违公平精神的事情来，所以才需要这样一种仪式来加以诫勉吗？于是运动员们才忽然想起"对了，我们必须堂堂正正地去比赛"，自己给自己施加压力。换句话说，这种宣誓无非是一种自我暗示，为了将某些不纯的念头打消掉，扭转心向而已。

婚礼中的起誓总让人感觉与此有些相像。因为情感本是人最薄弱的地方，所以必须大声地起誓，进行自我暗示。

这样想不知道算不算是对耶稣的冒犯和亵渎，又或者是对相爱的年轻人使坏？希望往下读过本章之后，各位再审慎地下结论。

关于爱与结婚

相信两个人的爱可以永恒存续下去的人，不用说以女人居多。好做青春梦的少女自不必说，老姑娘、人妻一直到更年期的妇女，凡是冠有“女”字的动物，不论老幼，一概虔诚地信奉永恒的爱。偶尔也有个别女人觉得男女之爱只是像烟火一般，不可能绵绵无绝期地燃烧下去，不过这样的女人大多是性寒症患者。理由会在后面再叙。

不管怎样讲，女人就是信奉爱是永恒的，并且照此在实践。从这个意义上讲，女性真是令人羡慕。

相反，男人却本能地不相信爱会永恒。至少当他接触到性之后一年以上，便开始模模糊糊地意识到这种东西并非永恒不变的，总有一天它会崩溃、会变质。尽管每人的意识程度不一，但仅仅是程度上的差异。

而那些嘴上没毛的中学生、发育迟缓的大学生、被女人迷得神魂颠倒的男人，同女人一样也信奉爱情的永恒，但这些只不过是缺少人生经验、唯有一腔热情的男人，故而他们对爱的认识同女人没什么两样。

然而男人同女人的区别在于，随着年龄增长，男人会渐渐地从爱是永恒的错觉中清醒过来，而女人无论到何时，依然沉迷于这种错觉当中。

这并不是由于男人和女人的智力与感受性不同所致，而是更加基本的生理原因造成的。在探究造成这种区别的生理性原因之前，让我们先来思考一下，所谓的爱究竟是什么。

根据辞书上的解释，爱至少有这么几层意思：①喜爱，爱宠；②特指男女之间的感情，恋爱，爱情；③爱惜，珍爱……将“爱”这个抽象的概念用具体的语言来描述的话，大概就只能做到如此平淡寡味了。如果稍许做一点引申，针对本书论点来讲，或许也可以尝试用这样一句话来加以概括：“爱就是对于异性的一种紧张状态。”

与喜欢的异性见面时，女人会不遗余力地装扮自己，希望自己永远看上去这样美丽，这样被对方深爱着；男人约会前当然也会反复照镜子，挑拣自己最中意的衣服。见面时举止和遣词用语也会倍加小心，生怕给对方留下不好的印象，放屁等粗鲁的行为是绝对不会发生的，相互都将自己最好的一面呈现给对方，使对方产生好感，换句话说，也就是双方都在算计和被算计。

平时大大咧咧淘气爱闹的男生，在女孩面前突然变得文静老实了，那么十有八九这个男生是爱上这个女孩了。在喜欢的异性面前，男女都会精神紧张，动作也不那么自然了。

这种精神上的紧张同时也会影响到身体。由于精神紧张属于一种交感神经的紧张状态，故而人会不由自主地张大眼睛，脉搏跳动加快，感觉变得异常敏锐，对方的一言一行都绝不会放过。

精神紧张还会影响到性。男人会阴茎勃起，女人的阴道会分泌黏液，这是因为精神作用传导至大脑皮层，然后由大脑皮层向神经末梢发出指令形成的。假如没有紧张，男人和女人在精神上和肉体上都不可能进入爱的状态。

然而随着年龄的增长，这种精神紧张会逐渐平静甚至消失，好比弯弓不可能永远处于满张状态一样，精神紧张也会慢慢舒缓、消失，这是合乎自然规律的结果。

过去只要一想到那个人，胸口就会感到被勒紧一样，呼吸急促，然而两人一旦结婚之后，就不会再出现类似的情形。同住在一个屋檐下，想见一面随时都可以见面，想说说话随时都可以说话，长辈和双亲不会再干涉，原先的社会约束也失效了，如此一来，两人之间存在的精神紧张也随之消失，当然如影相随的见面时的兴奋度也大大降低，在一起的幸福感也逐渐淡漠了。

当所有条件都具备的时候，爱的幸福感反而被剥夺了，只剩下渐渐松弛的惯性。周围所有的人都反对，当事人不顾一切克服重重阻碍，怀着满腔的激情走到一起，却发现原来结婚生活并不如意，等待着自己的是平淡乏味的琐碎生活。这种时候，往往就会产生巨大的失望。

这是因为结婚使得两人之间失去了精神紧张，而这种精神的紧张正是一个人充满生气的先决条件和原动力。由于紧张而高昂的情感、由于紧张而产生的爱，在结婚之后便逐渐消失了，从这个意义上讲，结婚的确是爱情的坟墓。

“真正的爱情只在婚姻之外才存在”，这句话从这个意义上说也是不错的。在不被舆论和伦理允容的桎梏中，男女之间才有纯洁的爱。

乍看起来，这好像不合情理，事实上却完全合情合理。

妻子由于得到婚姻这个社会性许可，而进入一种安定的状态，但同时却失去了传统意义上的爱。换句话说，是舍弃了激情燃烧的爱情，而换取妻子这个安定的身份。而陷入婚外恋情的女人则相反，处于地下情人这样一种不安定的状态，所以能得到男人的真爱，因为社会不容许，两个人不能堂而皇之地在一起，所以男人才会更加疼爱女人，作为对女人不安定状态的补偿。像这样一直处于精神紧张的状态中，两人之间的爱自然不会轻易毁坏，能够保持永远。

当然，这种关系也有其局限性。虽然婚外恋情更易激发爱，但不可能永远处于这种状态中，或者是慢慢习惯于这种关系，或者是身体渐渐老去，又或者是“婚外”的帽子被甩掉，终于“转正”步入婚姻的殿堂，不管是哪种情况，归根结底精神紧张的日子终有一天会一去不复返。男女都应该从爱的紧张状态开始之日起，就做好这种心理准备。

当精神紧张这张王牌消失的时候，曾经发誓要永恒的爱又会如何呢？婚姻中的爱就是失去这张王牌之后的不利状态中的爱。

然而即使这样，耶稣基督还是让一对启程踏上新生活之路的新人起誓说要永远相爱，两个年轻男女也不明就里地顺从了，他们根本还不知道这是一份多么沉重的负担啊。

婚姻中的爱的实态

婚礼时的誓言、结婚喜宴上的演说，原来是一份沉重的负担——一般来说，丈夫总是先意识到这一点。有的人是日复一日慢慢领会的，有的人是突然间顿悟的。意识方式上有所差异，但先意识到的总是男人。

或许女人也会说："其实我们自从结婚后对婚姻的幻灭也有感觉的呢。"看来女人对婚姻也不无失望。然而，男女两性对婚姻的失望有着明显的不同。

女人的失望，多是指一起生活后才发现原来对方的收入如此少，性格如此怪僻任性，婆婆如此的蛮不讲理等，即大多是对现实生活的不满，而且是具体的看得见的不满。这意味着情况完全可以改善，丈夫任性的性格有所改变，工资增加了，同婆婆分开居住了，问题便迎刃而解了。

可是男人的情况就不一样了，男人是更加抽象的精神上的失望。这种失望不是妻子改掉唠叨啰唆的毛病，或改掉不修边幅、妆容不整的缺点之类就可以解决的。事实上，男人对妻子的不满表面上看起来是具体的唠叨啰唆、不修边幅、妆容不整等，其实是更加深层的根本性的问题。

那便是深藏心底的茫然和不安："我到底能不能一辈子永远爱这个女人？"而面对这种茫然和不安，却毫无具体的应对方策。于是，不安一点点侵蚀着男人的心灵，所以说男人的失望是精神性的、抽象的。

为什么男人会如此更早地根本性地对婚姻中的爱感到失望，并失去信心？而女人为什么一方面有那么多具体的不满，一方面在根本问题上却毫不失望，依然坚信结婚之后爱是永恒的？

接下来我们就要来探究一下婚姻中的爱究竟是什么样的。

男女的性爱差异

今日今时，结婚的男女在性经验方面一定存在不少差异，既有花花公子类型的男人同处女的结合，也有性经验丰富的女人同近似童贞的男人的结合。在大张旗鼓宣扬性解放的现代社会，夫妇间的性爱经验差异也是多种多样的，没有一定之规。

除了极特殊的事例，一般情况下，结婚双方多为毫无性经验或者略有性经验的丈夫和处女或者略有性经验的妻子，这种组合最为常见。如果女人是在结婚之前从自己的未婚夫身上得到的性经验，那么她也可以视为处女。

从常识上讲，最理想的结合是，丈夫稍有一些性经验，妻子则为处女。（这种观念似乎显得有些陈旧了，但是时至今日，希望结婚对象是处女依然是男人一个最基本的愿望。）

当我们在探究婚姻中的爱的时候就会发现，这种最常见的男女结合类型造成了两性之间的明显差异。

一般来说，爱包含精神上的爱和肉体上的爱。而最理想的爱就是这两者完美合一，相互增进。事实上能否完美合一是另一回事，倘若完美合一则是最理想的。

假设相爱的两个人在结婚的时候，精神上的爱是同等的，且不管是哪一方达到高潮哪一方冷静应对，这样细究起来会没完没了的，总之假设前提是两个人互相爱着对方。

剩下来的问题便是肉体上的爱，也就是性爱。

我们来考察一下前述最常见的稍有一些性经验的丈夫和处女或近乎处女的妻子之间的情形。首先无法说是有幸还是不幸，在肉体爱方面，男女之间有着精神爱无法与之相比拟的巨大差距。对丈夫来讲，夫妇交合即使不至于快乐得欲仙欲死，至少不是一件可怕的事情，不会令他感到极度不安。而相反，此时对妻子来说交合还谈不上什么快感，甚至处女还会感觉非常痛楚。

一方感到快感，一方却感到痛楚，之所以两个人最终还是跨越这种失衡而完成交合，纯粹是因为有精神上的爱支撑。有了精神之爱的支撑，女人才愿意连同痛楚一起接受男人的侵入，她们试图从中发现真正的欢悦。

即使这样，新婚时期（结婚之前已尝禁果的从发生性关系之时算起）男女两性在性爱方面的差异也实在太大了，而且显然对于女人来讲有些残酷。

然而，高明的造物主会在此时引导两个人慢慢地朝消除这种差异的方向探索前进。

身体健康并且爱着丈夫的妻子其性感受会被渐渐唤醒，渐渐体验到夫妇交合的快感，尽管各人有快有慢，但日复一日性感觉越来越好却是毫无疑问的。开始时感到痛楚，慢慢地痛楚淡漠，快感之芽萌发出来，并且越来越有增无减。这种向上攀升的快感即使有时候会停滞，但却不会向下滑落，即使经过生育等精神上的洗礼，这种快感也只会不断地飞跃，连女人自己有时都会吓一跳。

而丈夫此时的情形如何呢？

每个男人都知道，一开始男人的感觉是快乐无比。即使在失去童贞的那一刻还处于懵懵懂懂之中，稀里糊涂地就结束了，但是不会留下痛苦的记忆，而从第二次开始就渐渐产生出快感。所以说，就性感受而言，男人的开发比女人要快。

但快未必就意味着好。

由于男人从开始就能体验到性的快感，因此他们在快感方面更加倾向于肉体的感觉。然而男人的快感基本上是保持在一个线性水平上的，不像女人那样会随着时间的推移而不断上升，男人会呈现出一种下降的走势。女人初次交合时感觉是痛苦的，性感受的起点虽低，其后却一路向上，不断高扬，而男人却要么保持一条直线，要么走下坡路。

不断升高的线与平行的直线相交叉只是时间的问题。这个交叉什么时候出现，会因为各自的能力差别、环境的差别以及精神爱的程度等有前有后，各不相同，但一般认为大约出现在结婚一年之后。

其实关键不在于什么时候出现，而是从交叉的这个时点起，女人的性感受就追上了男人，以后又超过男人，两性之间发生了逆转，并且差距越拉越大。

如此看来，男人的性感受只是机械的、重复的和单调的，似乎没有什么可持续的发展性，不像女人的那样丰富多彩。

从根本上讲，对男人来说，性交也好，自慰也好，在快感上无甚差异，甚至自慰反而更加自由、更加充满了想象。即使身边有妻子，随时可以满足性的需求，但是男人依旧会去情色场所潇洒几回，这种现象正反映出这方面的问题。

女人当然不是这样。少女的自慰一方面不如少男普遍，另一方面即使通过自慰感受到了快感，但在和男人真正交合之后，立即会“弃暗投明”，兴趣转移到这上面，即舍弃掉阴蒂快感而追求起更加强烈更加美妙的阴道快感来，只要丈夫提出要求，妻子巴不得立即顺其所欲。偶尔自慰大多是因为丈夫长期不在身边，或者丈夫无法满足其需求所致，是不得已的行为。

大抵结婚数年之后，男人无不对妻子沉迷于性，且为之颠倒的样子而叹服，甚至感到可怕。可以说，在肉体的爱方面，女人逐渐升至强势，而男人则降为弱势，于是爱的平衡就被打破了。

男女在婚姻上的差异

结婚当初，丈夫的性快感高于妻子的时候，填补这个落差的是妻子对于丈夫的精神上的爱，精神爱使得女人的性快感得以高昂，从而补偿了不满足的部分。

结婚数年之后，当妻子的性快感远远超过丈夫的时候，填补落差的依然只有精神上的爱，不过此时是丈夫对妻子的爱。

然而这时候的情况却不妙。倘若是先前所述不为世间允容，或历经千辛万苦好不容易才得到世间的认可，此时应该是能够弥补的。但是结婚数年之后，比如 5 年或者 10 年，两人之间精神上的紧张感早已消失，而处于一种安定的、安逸的状态，要想以高涨的精神之爱来弥补肉体之爱谈何容易。

说句实话，男人的性快感其实很贫弱。但男人往往错误地以为自己的性快感比女人更强烈，故而在开始的时候喜欢掌握性交主导权，结果到头来受到了狠狠的报复。

几年的夫妻生活下来，任何一个男人都知道，女人的性欲和性快感远比自己强得多，年轻时代对于女性的看法是错误的，于是他们急急忙忙修正过去的错误，但是女人并不认可男人的修正。过去曾经那样激情难抑爱着自己的男人，为什么现在却对自己如此冷淡无欲了？不光这样想，女人甚至还会表现出无比的愤怒。

男人想为自己辩解，但是却无法说出口，因为个中的根本原因在于男人的性快感天生比女人来得弱这个生理上的事实，从这一点上讲，男人其实蛮可怜的。男人们不好意思讲出来，他们认为这是羞耻的事情，因此只好借口工作忙、身体疲惫等，但是在快感日渐增强、日益变得好色的女人面前，这些理由简直苍白无力。只要女人身为女人而不是男人，要她们理解这种事情，基本上是没有任何指望的。

就性爱而言，男人和女人是如云泥之隔的两类人。

男人从性中获取的愉悦，与其说是通过性交得到身体上的快感，不如说是在这个过程中精神上所得到的快感，后者更为明显，更为强烈。性快感对男人来说是微不足道的，但是在整个性交过程中，男人却燃起对未知事物的探险心和征服欲，这是男人极为重要的一种精神享受。

因此，比起交合时的快感来，男人更加记忆清晰的是女人的反应，女人的表现。可以这样说，性交对于男人只不过是确认自己的行为如何在对方身上产生作用，自己对于对方拥有怎样的影响力的过程，当看到自己的行为产生了预期的效果时，男人才会享受到一种满足。而女人则是直截了当地沉浸在性的欢悦中，品味着性的快感，陶醉于自我满足中，却不必考虑对方如何如何。性交的时候男人睁着眼睛，女人闭着眼睛，就是这其中差异的最好佐证。

当然，男人这种对于自己的行为产生作用的愉悦，并不是永无止境的，在一次次的重复中，快感会麻木，愉悦会淡漠，渐渐地就会生出倦怠。尽管在交合过程中仍然以男人为主导，但是那份对于未知事物的好奇心消失殆尽，男人的精神不再为此兴奋紧张，整个过程变成了一种轻车熟路的仪式而已。

可见男人是一种神经质、不好伺候的动物。无论夫妇间多少次交合，男人的性快感并不会有所增进，真让人没办法。而且只要交合的对象是妻子，精神就不可能产生紧张，从而无法有效地增进这种快感，这是尤其头痛的事情。

相反女人则受到造物主的恩惠，即使结婚成家之后，精神紧张消失、精神之爱渐渐平淡退去，但还可以用日渐成熟的肉体之爱来弥补。即使在精神爱方面有所不满足，但是随性而动，依着身体的欲念去做就可以了，同样可以证明爱的存在。

用吃饭来比喻，女人是因为饿或者嘴馋才吃饭，男人则是因为有营养所以才吃饭，而不管肚子饿不饿。妻子可能会问丈夫，这样好吃的面包为什么不吃呢？但丈夫不会仅仅因为妻子劝食而吃面包。妻子唯有觉得丈夫不可思议。

女人身上还有一样令人叫绝：女人的性快感从一定程度上讲是依赖于某个男人而成熟起来的。从处女到人妻，随着女人的性感受不断被开发，女人在面对这个开垦、开发了自己的男人时，性感受会增强到极致。所以说，女人并不因与众多男人接触而使性快感有所增强，而是反复面对同一个男人其性快感才不断增强。而男人的性快感不固定于某一个女人，因为从一开始感觉就比较贫弱，只是为了探索未知事物的紧张感使得其精神兴奋，从而有助于快感的增进。

因此坦率地说，如果女人服从自己身体的本能欲望，那就是爱丈夫，而如果男人服从自己身体的本能欲望，则是背叛妻子。

背负着这样的不利条件，在婚姻中一旦双方为谁专情谁花心而发生争执，男人当然处于下风，永无胜算。

先知先觉的耶稣基督可能洞察了这样的情况吧？或许，正因为他早已知道，所以假装公平地要男女双方在牧师面前起誓说什么“永远爱他（她）”，其实是给男人套上了一副枷锁。

信奉永恒的爱的女人

至此，我们已经清晰地看到了那些信奉永恒爱情的女人的真实面目。

所谓永恒的爱，只有在可以凭借生理来爱的女人身上才有可能，故而永恒的爱之类美好的憧憬也只有女人才喜欢挂在嘴上。这倒不是因为女人贞懿贤淑、是浪漫主义者才如此，而是其生理上的机能使然。

男人们即使一时会产生错觉，但是绝大多数人对此却不以为然，怀着疑问，不相信爱情真的能够相守永远，所以不愿意这样说。永恒的爱是一种极其生理性的爱，只有女人能够做得到。

换句话说，信奉永恒的爱的女人一定是性快感得到了完美的开发，对男人爱得执着的幸福女人。

假如不幸，女人的性快感没有被精神上所爱的男人彻底开发，或者开发之后男人离她而去，那么女人就不得不去另行寻找能够更加彻底和完美地开发自己的男人，也就是红杏出墙，否则精神和肉体都得不到满足。事实上，一旦遇到更加中意、能够唤醒其性感受的男人，哪怕出轨的女人也可以重新找到永恒的爱。

可以说，女人无一例外都祈愿并梦想永恒的爱情，而凡是梦想成真的女人，一定是精神和肉体都非常充实、依遵本能生活的幸福女人。

本章小结

一、相信世间存在永恒的爱并且热衷于此的，大多数是女人。成熟的男人会本能地觉得它靠不住，无法相信。稚气未脱的男人经日累月，随着恋爱、结婚，终有一天也会意识到这一点。

二、爱是一种精神紧张状态，因而它不可能永远保持下去，一旦进入像结婚那样的安定状态中，它便会逐渐褪色。

三、一开始女人的性欲较弱，而后渐渐增强，呈现上升趋势；而男人的性感受基本保持平行状。两者总归有一天要交叉靠近，之后女人的性感受反超过男人，日渐与男人拉开差距。

四、随着性快感的增强，女人即使精神上的爱消失，仍旧可以爱一个男人；而对精神紧张逐渐消失了的男人来说，这却是非常难做到的。

五、信奉永恒的爱的女人，是依遵本能生活的生理性的女人。耶稣基督明知只有女人能做到、而男人做不到，所以在男女结婚时要以誓言的方式，对男人加以约束。

·第五章·

出轨的女人

女人是男人造就的。出轨的女人也不例外。

绪言

在江户时代，人们只对男人说“出轨”。家有贤妻，但是仍然和神女花娘狎戏，逸脱本分，所以说出轨。

“出轨”一词和女人向来不搭界。女人作为人妻，只能全部心思放在一个男人身上，对这个男人尽心服侍，守在家里——所有女人都是在这样的教诲中长大的。女人既不应该出轨，也没有出轨的能力，传统道德观念将女人五花大绑地束缚起来。

所以女人即使密会私通也不会出轨。女人的出轨就意味着动了真情，女人的出轨就意味着死亡。

然而，世道变了。

“女人善变，就像风中的羽毛”，这样高声喊唱也不会有人惊讶，男人女人都只是会心一笑，暗地里认同这个说法。

出轨不再只局限于男人，“出轨的女人”这个词听上去也丝毫没有不对劲儿，非但如此，它还天经地义地和“出轨的男人”成了一组对义词。

战后一段时间，“出轨的女人”这个词似乎还有些躲躲闪闪的，好像形式先于内容，内容还含糊不定，但是这个概念却已经被提了出来。现如今，不光是概念，内容也得到了充实，逐渐在日常用语中固定下来了，人们听到这个词谁也不会感觉奇怪，也没有任何不快，其证据便是连媒体也懒得将它拿出来炒作了。距离战后不过20年，就已经变化如斯。

而男人则是冥顽不灵、保守的动物。开着时尚的进口轿车四处兜风，手里鼓捣着最新款的电脑玩具，却口口声声说什么“女人天生就是服侍男人的，像男人那样去外面潇洒就是私通”，这种观念在男人中间依旧很盛行。男人们做的事情很创新、很革新，但是头脑却出乎意料地古板陈旧，尤其是日本男人的女性观并不像表面那样有较大的改变，其中的根本原因是男人的自负自大和对女人的轻视。

正如第一章中所述，在环境的适应能力方面，女人要比男人优越得多，她们能够轻松地跟上任何变革。男人的精神构造相对固定，因而变革的受容力很小。世间只有“冥顽不化的老爷子”的说法，而没有“冥顽不化的老太婆”之说。

时代在急速地发生变化，“出轨的女人”一词早已在生活中有了安定的一席之地，然而仍旧有不少男人采取隔岸观火的态度，甚至可以说大多数男人都是这样。

什么是“出轨的女人”

要用一句话来定义“出轨的女人”着实不是件容易的事情。

单纯从字面上来考虑，出轨的女人当然是指不守本分、逸脱规范的女人。

根据某部词典的解释，出轨是指男女之间的爱情背叛。在本书中，则指女人对男人的背叛。

然而，这里的爱情背叛中“爱情”两字，看似好懂其实并不那么容易理解，尤其是精神上的背叛和精神加肉体的背叛，两者的含义相差悬殊。

现在说起出轨的女人，一般不单单指精神上的移情别恋、背叛，多数场合是指同固定的男人之外保持精神及肉体关系的女人。

而事实上，身为人妻却一心爱慕着其他男人的女人，虽说精神上已经移情别恋，但这份感情只要不露呈，谁也不会知道她的出轨，她也不会受到世间舆论的谴责。假如也称这种女人为出轨女人的话，那么恐怕大多数的女人都要归入出轨女人之列了。

因此，在后面的讨论中，所谓“出轨的女人”专指和某个固定男人之外的其他男人保持肉体关系，或者虽没有肉体关系，但是感情露呈出来，即被称为“第三者”的女人。

这里必须要注意的是，出轨的女人同淫荡的女人完全不是一回事，一部分人将淫荡女人也归入出轨女人之列，是极其错误的。

出轨的女人就像前面提到的，仅仅是发生“爱情转移”的女人，她们在肉体上和精神上都没有任何异常。淫荡的女人则肉体欲望异常强烈，一旦无法满足，就会精神和肉体都不能保持正常的状态。这类女人之所以不断渴求新的男人，并不是出于精神上的需求，而往往是身体的需求，她们的身体属于异常体质，是一种病态。多数淫荡女人在先天性的体质基础上，经由一部分男人进一步刺激激化，从而陷于难以自拔的境地。总之，这类女人在肉体上和精神上都超出了正常的范畴，故而就不在此加以讨论了。

回到出轨的女人身上。根据上述定义，“某个固定男人之外……”中这个“固定男人”的身份不同，出轨女人也分为几个不同组群。

首先这个固定男人为其丈夫，即拥有丈夫而出轨的女人，此为第一组。

第二组是这个固定男人是其恋人。恋人也有多种多样，如未婚夫、情人、互相有爱意的男人等，总之是未正式注册过、户籍上没有登记为夫妇的男人，而不论有无肉体上的关系。这类女人较之第一组的人妻其状态更加不安定，一般来讲爱情状态则比第一组女人更加紧张。

第三组则既非第一组也不属于第二组的女人，她们没有特定的爱慕对象，随性而为，比较自由，但是精神比较空虚。

以上三组女人中，原则上适用“出轨的女人”一词的只有第一组和第二组。第一组的女人有丈夫这个精神原点，第二组的女人有恋人这个精神原点，感情从这个原点游移出去，超出了一定的尺度，所以才能称为“出轨”。

出轨的条件

从上一小节看，似乎完成了对“出轨的女人”的定义。然而要想把握女人出轨的真实状况，单单这些还不充分，因为上述定义并没有涉及出轨的质与量的问题，女人投入多少感情、以怎样的程度和频率移情才算得上是出轨?

那么女人究竟投入多少感情、移情到什么样的程度才称得上出轨的女人?这其中的衡量尺度非常难确定。或许有的人极其严苛，女人只要一次对其他男人产生爱慕之情就应算作出轨，而有的人则觉得只要不超过三次就算正常。可见，这也受到旁人的性格、道德伦理观以及时代风尚的影响而各不相同。现代社会中，对这一现象显然越来越宽容了。

不过一般来说，身为人妻的话，那么只要有一次移情别恋就会被打上出轨的烙印；而对于未婚女人则视具体情况而论了，假如女人主动移情别恋三次以上，也会被打上出轨的烙印。

在此有一点不得加以考虑，就是女人身边的环境。从某个意义上讲，环境的因素比女人自身的性格因素还要重要。

假设有 A、B 两名女性，两人都是芳龄 22，且有男朋友，两人从同一学校毕业，进入档次相差无几的企业，从事同样的事务性内勤工作。不同之处是，A 是位相貌和身材俱佳的美女，走在马上路，差不多所有男人都会回头；而 B 相貌丑陋，肥头大耳，身材短粗。一年后两人重逢。此时 B 仍旧守着以前的男友，说是守着其实男友几乎很少出现在她身边，即使出现也是速速归去，但 B 还是对其一成不变，对其忠贞不渝；而 A 已经换了两任男友，现在正跟第三任男友交往，公司里的男女同事都认为她是个出轨的女人。

这种情况下，当我们判定谁是出轨女人的时候，毫无疑问，一定是 A。表面上看似乎不错，但是仔细想想，这个结论是非常独断的。

为什么？因为 A 每天被包围在众多男性之中，提出要和她约会的男人多得排也排不过来，一周八天都不够，而 B 却从没有男性向她提出过约会的请求。A 和 B 无法在同一个摔跤场上比试相扑，等级太不一样了。

考虑到 A 的条件，我们也可以认为在那样多的诱惑中却只选择了三名男性，算是相当的审慎了。而 B 因为没有受到任何诱惑，所以才保持了贞懿，也可以说是出于无奈。假设 B 换成 A 的条件，A 换成 B 的条件，说不定 B 比 A 还要移情、还要出轨，而 A 比 B 还要更加贞懿哩。

这种个人的周边环境，对于在爱情中处于被动接受方的女人来说，具有极其重要的意义。总体来讲，女人大多不是自发地主动地去做某件事情，而是受到环境的影响、受到某种因素诱发才去做某件事情的。如果对女人这一特性视而不顾，单以结果来说事，无疑是大错特错的。

所以说，女人变成出轨的女人，必须具备这样一个前提条件：在某个固定的男人之外，至少还有两个以上对其构成诱惑的男人。换句话说，普普通通的女人要想成为出轨女人还真不是件容易的事情，并且出轨的女人也绝不是一朝一夕成就的。

至此我们可以下一个这样的结论：出轨女人并非一律由于自身的性格而造成，周围的条件对其也有着很大的影响作用；出轨女人并不是天生就存在，而是后天因素造就的。

女人是怎样走上出轨之路的

以上结论也可以成为“女人是男人造就的”这句众所周知的警句的注脚。这句话或许有些独断，但基本上也是实情，同时还满足了男人的自尊心。看到一个女人的人格在自己的雕琢和影响之下，逐渐改变和完美化，这是男人的一大成就感。不可否认，男人之所以喜欢娶年轻单纯、好像一张白纸似的女人，其潜意识的心理欲求就是想通过自己之手，将她改造成自己理想中的女人。

然而，就像有权利的同时就有义务一样，这句话的反面也隐含了造就者对于被造就者应该负有责任。所以，这句话的反面就是：“女人好坏全在于男人”，女人们可以用这句话来为自己辩护。

没错，男人不仅可以改造女人成为优秀的女人，也可以将女人变成糟糕的坏女人，自然，出轨的女人也不例外。

一般来讲，女人不像男人那样生性轻浮容易出轨，这倒不是由于性格或者后天的环境因素等使然，而是基于本质上的差异，更确切地说是动物性的差异使然。这个差异就在于两者的生殖器官不同。

女人的生殖器官是用来受容的，接受男人的性器，将男性生殖器官释放出来的东西贮存起来，并培育出新的生命。这个过程是一个凝缩的过程，是内向性的、集约性的。相反，男人的生殖器官是用来进攻的，通过插入、释放、游离，完成整个生殖过程，这个过程是一个释放的过程，是进攻性的、扩散性的。

而在爱的根基性方面，男女之间相去甚远。男人就性方面来说原本是没有什么成熟不成熟的，不像女人那样，虽经历痛苦但是快感被激发，最终走向高潮，男人没有这样一个进步的过程。男人在童贞失落的少年期、青春期以及老年期，性感受基本上没有大的变化。在性交过程中，男人希冀从女人身上得到的主要不是性行为本身，而是实施这个行为的过程，是对于自己来说女人的未知部分，以及女人对于自己的行为作何反应。女人则对对方的具体行为毫不关心，只管闭起眼睛沉浸在性带给她的快感中。性方面成熟的女人，可以说就是对性快感贪婪的女人。

一对男女的初次结合，对于男人来说是快感的巅峰，而对女人来说则仅仅是快感的起点。之后男人的快感不会再有增强，至多是对于女人仍保持着精神上的兴趣，女人的快感则会不断上升、增强。结婚之后，男人之所以较早地领悟到没有永恒的爱，是因为轻易地就遍历了女人的未知部分，而女人之所以迟迟不愿省悟，是因为他悟出了性快感就像一条风光旖旎的坡道，正孜孜不倦地向上攀登哩。

有经验的男人指给女人这条赏心悦目的坡道后，女人就会勇往直前地朝上攀登，不再回头。一路攀登，她会一路想：是这个男人教会了我幸福，没有他，我就得不到这份幸福。经过这样不断的自我暗示，女人多数会变得非这个男人就无法满足，换了其他男人就享受不到愉悦，肉体上的惯性甚至超越了精神上的爱。

这样，肉体的贪婪加上精神上的充实，正所谓锦上添花，如虎添翼，女人绝不肯轻易离开这个男人。为了充实的爱、完美的爱这一最高使命，女人甘愿为男人献身，变成他所期望的女人，女人的贞懿也在其中得到体现。

既然如此，为什么女人还要出轨呢？

聪明的读者一定早已注意到，女人之所以出轨，是因为她与那个固定的男人之间无论从精神上还是肉体上，都得不到满足，至少不够满足。

因为没有所以会求诸他人，因为不足所以被他人所诱惑。

当女人感觉不满足的时候，恰好另一个更加完美的男人出现在眼前，不满足的女人很难做到不动摇。

然而女人又喜欢讲究道德和伦理。

女人心里清楚，身为人妻而心有另属是不可以的，身边有恋人却三心二意也是不道德的。可是一支箭、两支箭不断地射过来，女人心里刚刚萌生的动摇怎能不更加剧烈？而深思熟虑的男人会觑准时机，施放出更加有力的一支箭。

一般来说，在男女之道方面偷情的男人总比被戴上绿帽子的男人更加老练、更加优秀。这不光指身体的强健，更包括娓娓善谈、擅长体察人心，性爱技巧更加熟练高明，以及善于殷勤讨好等，而被戴绿帽子的男人往往是精神和肉体都比较单调、笨拙的人。渴望享受到快感满足的女人，比起沉闷无趣的后者，自然倾心于阳光而多彩的前者。

于是女人在下定决心后，走上出轨之路。

这个决心就是合适的理由。

所谓“我是不愿意呀，可他硬不放过我”“不是我答应的，我是被他夺去的”“我拼命反抗了，可是他根本不顾我的感受”“我什么也不懂，是他欺骗了我”云云……而狡猾的唐璜情愿背负这样的怨怼，毕竟得到了真正的实惠。

而对于丈夫和恋人，女人则这样评价：“他对我冷冷的，一点也不温柔”“是他没把我牢牢抓住”“他在外面花心，所以我也……”这些台词是女人将自己从强大的道德束缚中解脱出来所必要的理由。的确，按照“女人是男人造就的”这句话的逻辑，使得自己的女人投入他人怀抱的男人，也有不可推卸的责任。

出轨女人的本质

分析到这里，出轨女人的本质应该不言自明了。

出轨的女人其实是性感缺失的女人。

性感缺失在医学上指女性缺少性欲或者性的满足感（此处不一定局限于达到高潮）。

一个男人不足以满足其性感受，这并不是因为淫荡，而是因为性感缺失所致，男人没有给予她充实的快感，欲求得不到满足。因此女人时常处于性感受的饥渴之中，这种饥渴在成熟女人身上肉体所占的比重更大，未成熟的女人身上则精神所占的比重更大些。但不管怎样，由于从丈夫或恋人身上得不到满足因而生出一种索寞之情，留下了所谓“篱笆没有扎紧”的那道缝隙。

从这个意义上讲，出轨的女人属于重症的性感缺失患者，她们为求诊而病急乱投医。因为她们从未体验过充实而满足的爱，所以只能一个男人一个男人地试过去。起初或许只是因一点点动摇而开始了精神的漂流，慢慢地变成一种习性，忘记了刹车和回头，出轨的病症越来越重。同时由于出轨的名声流传在外，男人也仅仅以探险的心情与她接近，不见得肯花大气力努力给予她充实而满足的爱，有的或许因为花样美貌而引得男人前来采花，对于女人追求充实而满足的爱也毫无益处。凡此种种，使得车轮一味只朝着坏的方面滚滚向前。

还有一部分出轨女人曾经体验过满足的爱。这类出轨，大多是因为丈夫未尽男人职责所致，有时候丈夫反倒因此而松一口气，这虽然有其合理性，但不能不说是一夫一妻制的悲哀。不过这类出轨是由具体的现实原因造成的，这与后面所说的本质的出轨女人有所不同。前面所述第一组群的女人大多属于这一类，由于产生的原因比较单一，因而也不具备魅力让人深入去探究。

言归正传。

出轨的女人还有一点不可忽视的本质：她们大都是性急的理想主义者。

就像“爱情是要互相包容的”这句话的潜含之意，任何爱情都是有伤痕的，这需要男女双方互相体谅、互相容忍。比如一开始觉得难以接受的男人的种种恶习，随着相爱的日子一天天过去，渐渐也会觉得可爱起来。

然而出轨的女人却没有这份耐心，并且不去努力包容，“不该是这样的，爱情本应更加美好才对”，她们对于报章上读到或从别人那里听到的全盘接受，为自己描绘了一个巨大的爱的梦幻。

在这里，少部分的媒体确实有责任，由于它们不负责任、夸大其词地传播，让这些女人觉得高潮似乎经过两三次磨合就能够达到，女人不出轨就好像错过了班车似的。当然，缺乏主导能力、没能更早地让女人体验到充实而满足的爱的男人也有责任。

但除了这些，女人自身不肯服输和凡事都想争得最好的性格肯定是有问题的，这种欲求过分强了。

“山外更有青山在”。女人也在追求男人这座“山”，途中稍事休憩，悠然地品味一下山上的各种风光未尝不是件美事，但是这类女人却只顾寻寻觅觅。这就是理想主义者的悲剧。

一般来讲，理想主义的女人中以美女为多。理想主义者是不知疲倦、义无反顾的，欲望也比普通人更加强烈，而美女自然因时常处于众人环视的焦点，赞美的中心，总是认为别人关注自己、赞美自己是理所当然的。两者重叠在一起，就更加容易自我陶醉，觉得自己就是最优秀的。

一旦掉入这样的误区，就无法轻易地从这种状态中跳出来，就像丑小鸭一旦登上明星的宝座，即使再过气再落魄也无法走出张扬豪奢的生活一样。因为别人关注，所以要精心修饰，因为精心修饰过，所以别人愈加关注，这种恶性循环使得漂亮女人越来越自以为是，且光顾着留意周围人的目光。然而这却是美女的陷阱所在。

不管外形怎样变化，主体还是不变的；举止言行可以练习可以变得优雅，可是性爱却是正直的，不会说谎，性爱贫乏的依旧贫乏，不满足的依旧是不满足。而在男人们的关注和赞美中，女人成了舞台上的女主角，再也无法专注于性爱这种受容性的状态中。女人哪怕身为女王，在性爱的瞬间也将变成奴隶。用一个极端的说法就是，女人通过丧失自我，成为奴隶，才能换得性的欢悦，通过这样的牺牲才能获取比男人更加美妙的快感。

而美女们不能完美地完成这种角色转换，她们误以为男人们取悦女人时的媚态伪情会延续至性爱的过程中。然而在那一瞬间，角色不转变、立场不换位的话，是不可能享受到极致的爱的。尽管如此，她们还是痴心地等待那一时刻的到来，最后吐出一句："那个人一点也不行嘛。"

美女不满足时，不像丑女那样会悲叹，收敛起欲念，而是自己欺骗自己："男人多得是，我是看他那样猴急才安慰安慰他的呀。"这样做，只会距离充实和满足感越来越远。

在演艺界这样的女人尤其多。表面上，绯闻闹得沸沸扬扬，其实背后是因为性爱的贫乏和得不到满足的精神空虚感。不能完美地完成角色转换，从女王变身不到奴隶去，以至于永远都在追求充实和满足，就像吉卜赛女人一样，到处漂泊，性感缺失——这就是出轨的女人的真实面目。这样的女人值得同情，却不值得效仿。

这样的女人如何才能回复到正常的女人呢？说实话，非常之难，但绝非不可能。

其一是由一个老到的男人将她彻底击倒，使她抛弃掉过分的自信，从屈辱的深渊从头教会她爱；其二是耐心等待慢慢老去。除此以外，似乎没有什么速效的方法。

本章小结

一、所谓“出轨的女人”，是指至少同两个以上的男人保持着肉体关系，或者是移情别恋，并且为第三者所知道的女人。这也是这个女人较之普通女人更加具有魅力，同时得到男人认可的证据。

二、越是出轨出得厉害的女人，一般越是美貌。但是，她们也是相对的精神上得不到满足、肉体上性感缺失的女人，并且几乎从来没有体验过满足的滋味的理想主义者，不肯低三下四面对男人的自信家。

三、这类女人，其美貌与性爱的贫乏互为表里，永远在男人和男人之间徘徊、漂泊，要想使这类女人身心同时得到满足，或者是由极其强健的男人从头开发，或者只有耐心地等待老去，别无他方。

·第六章·

同性爱的女人

女性同性爱者是女人中少有的浪漫主义者。

绪言

有道是："再贞懿贤淑的女人一生也会有三次移情别恋。"

……

或许不少丈夫已经沉不住气坐不住了。为此在这里作一说明。

这句话的意思是，女人一生中至少有三段爱，第一段爱是从少女期跨入青春期时对于女性的同性爱。从以前女子学校中常见的亲昵无间的S关系到完全的同性爱关系，幅度较宽泛，但性质相同，都是女人对女人之爱；第二段是青春期后渐渐萌生的对异性的爱，对此无须过多说明了，它是人类最自然的一种爱；第三段则是成熟女人对子女尤其是儿子的爱，这种爱与对异性的爱差不多同时萌生，但随着时间推移，一般夫妇之间妻子的爱更多地会转移到儿子身上。

自然，没有子女的女人是不存在上述第三段爱的。

有种说法是，女人必须经历对同性友人、丈夫、儿子的爱的变迁，才算完成整个爱的历程，这其中第一段对于同性的爱，对以后的爱具有非常重要的影响。

什么是女性同性爱

在爱琴海东岸有个面积大约一万平方公里的小岛[1]，莱斯博斯岛（Lesbos）。这座岛屿本属希腊领土，但由于非常靠近土耳其，也有人误将它当作是土耳其的属岛。公元前6世纪杰出的女诗人萨福就出生和生活于莱斯博斯岛西海岸的依拉索。萨福曾创作了数量众多的爱情诗歌，然而由于这些优美婉转的文字及其诗人的名声，她在受到别人敬慕的同时也受到了种种诽谤，其中她与女伴和女弟子之间的亲密关系招致最多的误解，人们都视她为一个同性爱者。萨福的性取向后来被当作是女性同性爱的原型，并且以她和她的出生地的名字而将女性的同性爱称为“萨福之爱”或“莱斯博斯之爱”。当然萨福本人与同性爱并没有什么关系，在她的爱情诗歌中，人们也可以看到许多倾

1 原文如此，疑有误。根据不列颠百科全书，莱斯博斯岛面积约为1630.5平方公里，是希腊第三大岛屿。

诉对男性的爱的诗篇，如同她献给爱和美丽女神的诗篇一样热情似火。

奇妙的是，被奉为女性同性爱象征的萨福，一方面与她的女伴或女弟子亲密无间，另一方面对男性也怀着炽热的情欲，这似乎正好暗示了女性同性爱者在男女两性之间摇摆不定的情感取向，或许这样说更加贴切一些。

假如有人以为到莱斯博斯岛上，可以看见无数的同性爱者，那就大错特错了，这座使人产生误解的岛屿与女性同性爱没有任何的关系。

接下来进入正题。

从实际行为来看，究竟女人同性间的关系亲密到什么程度才算是同性爱呢？这是个非常棘手的问题。

事实上，一言以蔽之曰同性爱，但个中也有着千差万别。

最幼稚最单纯的莫过于前面提到过的S关系。众所周知，这是英文“sister”一词的字头，即形同姐妹的关系。女学生之间会互相传递纸条、互相赠送礼物、经常在一起玩耍逛街等，若将这种关系称为同性爱，那便是最精神性的同性爱了。

而最极端的亲密关系则是，女人之间除了拥抱、接吻之外，还会用手或舌头互相爱抚对方的敏感部位，甚至借助道具插入阴道，以获得类似男女性交般的快感。

随着年龄的增长，这种肉体上的亲密行为也会越来越多，形式也多种多样。那么究竟超出了哪种行为可以定义为同性爱呢？尤其像少女期和青春期的行为，到底是友情还是同性爱，实在难以界定。

但一般来讲，女性进入青春期之后，仍旧在精神上对同性的特定对象抱有浓厚的兴趣，并且肉体上与之有肌肤接触的，这样的女人就被称为同性爱的女人。

根据这个定义，女学生中常见的 S 关系因为属于精神的层面，一般不存在肉体关系，因而可以排除在外。

不过，女人同性爱的场合通常是精神先行，随后才伴以肉体行为，所以精神上的索求是其同性爱的主要特征，当然有的人即使没有肌肤接触，但心里并不排斥甚或渴求肌肤接触。不管怎样，即无论肉体关系多或少，强或弱，女人对于同性的兴趣远远大于对异性的兴趣，这种精神状态便被定义为女人同性爱的前提条件。

历史背景

现今人们对于女性的同性爱或男性的同性爱大都认为是不太正常的感情，但是在古希腊时代，人们对待同性爱非常宽容，绝无蔑视甚至处罚之事。

古罗马时代大致也是同样的风气，同性爱者无须特别掩藏起来，甚至可以在大庭广众下进行，即使被批评，至多也是当作讽刺揶揄的对象而已。

这种对同性爱如此宽容的背景，存在多种解释，其中最著名的便是古希腊柏拉图的解释。柏拉图解释说，宙斯在与反抗他统治的巨人提坦族战斗中打败了提坦族，并将战死的提坦族战士斩为两截，以永远树立自己的权力。而人类就是提坦族的子嗣，因而所有的人类都天生具有一种冲动，去追逐自己被斩断的另一半。

根据这个神话诗的解释，古希腊人肯定性冲动，而因为每个人属于被斩断的不同残片，所以冲动的方向性即性向也因人而异。

自从基督教确立了支配地位之后，对于同性爱宽容的时代也随之逝去了。因为根据基督教的教义，女人的同性爱对于繁育子孙和延续种族毫无益处，只是女人为了满足感官欲望的行为而已，因而它被视为是绝对罪恶的。同样，男性的同性爱也被打上了罪恶的烙印，成为教会刑罚的对象，受到了严厉的宗教惩处。

不可否认，至今我们对于同性爱所持的批判性观念，其深处就残留着中世纪教会的伦理主张。

由于这样的历史背景，可以说，将女性的同性爱视为异端邪念并不是始自古代，而是中世纪之后才逐渐产生，它也不是出自人类的本性，而是人类后天人为制定的观念。因此，说到女性的同性爱，立即就觉得它是一种异常、是病态，这纯粹是片面的、概念先行式的观点。

然而，这并不等于说它就应该被认为是一种正常的感情。

古希腊时代对同性爱持肯定论者所引用的柏拉图的巨人说，确实很富有诗性的想象，但它毕竟是没有事实根据的幻想，它虽然包含了柏拉图的美好愿望，但是对于现代人来说，却缺少令人信服的逻辑性。

姑且不去探讨其历史背景和深刻的伦理基础，单从现实生活中占大多数的就是正常的，占少部分的就是异常的这一颠扑不破的真理来说，女人同性爱显然是属于非正常的。

正常和异常有时会因时代倾向而相互转变，但至少就目前来说，同性爱的人数只占极少部分。

在全体女性不见男性的环境中——如女子学校、歌舞剧团、女子集体宿舍等，这种人数上的关系可能呈现逆转，但是仅属个别地方，即便在这种地方被视为正常的，而在整体来看依然是异常的，并且其异常程度在逐渐降低，这才是现在的女人同性爱的实态。

三度移情别恋说的背景

同柏拉图空洞的巨人说比较起来，“女人一生至少有三次移情别恋”的说法更加符合现实，更加有说服力。

多数男人或许都有这样的切身体会，而在这背后，其实有着女人的生理原因。

医学上早已证实，女人的一生在少女期进入青春期，也就是未婚期，同结婚之后享有男人的爱的已婚期，以及进入妊娠、生育、哺乳的母亲期这三个不同时期，其生理表现是完全不同的。

这里说的未婚已婚不是指户籍上的，假如没有注册登记但与男性同居同样视为已婚，而生育了子女的话同样也视为母亲。

这三个时期，女人在生理上会发生很大的变化。例如据称与体质有密切关系的哮喘病等，在少女期就很难治愈，而在结婚或同男性发生肉体关系之后，多数病症有所缓解甚至去根；还有种顽固难治的溃疡在生育后也会自行痊愈。处女、非处女和经产妇，在肌肤、乳房以及体形上也都有着明显的区别，这一点更是已经广为人知。

除了这些外观上的变化，还有肉眼看不见的体内变化更大，主要是荷尔蒙系统的变化，正是荷尔蒙系统的变化导致了女性生理上的种种变化。这些变化之巨大简直可以用豹变、突变、鱼龙之变来形容，然而正是由于这些变化，作为女人的机能才得以发展得更加完善。

问题是，随着生理上的变化，女人的思维和观念也会发生变化。或许不少女人不认同这一说法，但这是不容否认的事实。坚信不会变化的女人，只是因为没有遭遇足以令其发生变化的事件而已。

三度移情别恋就是思维发生变化的实例。

以前在女子学校时代看上去像恋人般的同性同伴，一旦邂逅意中的男人，并且携手步入婚姻的殿堂、建立了家庭后，就会将旧时女伴好友忘记得一干二净，全情投入于男人身上。许多曾经是同性爱的女人，参加同窗聚会时，记不起来以前的事情，却津津乐道于丈夫的生活琐事。不过这种“翻脸无情”也只是一段时期，当儿子出生、逐渐成长，又会全情移至儿子身上，将丈夫抛到了脑后。

这样的情景谁都不会陌生：儿子面临考试，母亲精心烹调可口的饭菜端给儿子吃，深更半夜也不睡，一直陪在儿子身边。这与其说是出于对儿子的关心，不如说就是对儿子的爱，女人此时爱的对象早已从丈夫转移到了儿子身上，此时的女人正沉浸在第三次移情别恋中。

男人身上不可能发生如此巨大的变化。虽然感情也会变化，也会转移，但绝不会像女人那样剧烈、那样地义无反顾。而且男人的变化范围也比较小，往往藕断丝连、优柔寡断，做不到女人那样干脆果敢，比如男人结婚后对以前的伙伴或长时期结成的友谊，绝不至于一刀两断，舍弃得干干净净。

男人对女人的感情转移无法理解，如此大胆地将爱从这个对象转到另一个对象，男人唯有觉得不可思议。

然而，这是埋藏在女人身体里的生理机制导致的极为自然的变化，是由于女人的身体里能量大得无法想象的荷尔蒙系统发生了变化，从而引发思维的变化。如果从女人的行为变化来看，就容易理解了。女人的行为，可以说绝大部分是忠实于生理的。

青春期以前强烈的同性爱倾向之所以转瞬即逝，消失得干净利落，是因为女人身体内萌生出了对异性之爱的生理需求，不管你做什么样的努力都毫无办法再回复到同性的爱去。对方因你“重色轻友”而恨从心生，但有朝一日她自己也会移情到男人身上。这其中谈不上是因为后来的异性比先前的同性更加温柔更加体贴，完全不是出于这方面的理由，至少从女人所一贯追求的表面上的温柔体贴这个角度来说，女人比男人要强得多，但女人却毅然决然地舍弃同性，转而接受异性。

这种变化同其精神或理性的思考没有关系，她只是在本能的爱的欲求驱使下去接近男人，投入男人怀抱的。在那里，她的心灵找到了晏宁的港湾，于是便撇离先前的同性爱人而去。

在一系列的过程中没有其他特别的理由，不存在“要不要这样做？”“那样做好吗？”之类的考虑，完全是出于本能的驱动而转向男人，并从中发现作为一个女人的存在感。所谓爱也好，诚实也好，都不过是给这种生理变化的结果附加上去的思想而已。

男人往往觉得女人不像自己那么有信条、有思想，似乎也可以从这种身体的变化先行于精神的特性中找到答案。

女性同性爱的两种类型

如此就有必要将女性同性爱的两种类型区分开来，一类是暂时性的同性爱，另一类是真正意义上的同性爱。为了避免误解，先在此对两种类型的定义加以说明。

暂时性的同性爱者，是指从少女期进入青春期的相当一段时间内，对同性怀有浓厚兴趣并与之接近，包括有一定程度的肌肤接触，但是遇到男人之后立即丧失了对同性的兴趣，专情于男人的女人。

这类女人只是在邂逅男人之前一段时期内表现出同性爱的倾向。

然而这个年龄期的女性较之异性更加喜欢接近同性，这几乎是大部分女人的共有倾向，不值得列入同性爱的范畴来加以探讨，因为大凡年轻女性，大都具有这样的倾向。不过，假如其中少数人对某个特定的同性爱意执着，且伴有肌肤接触或类似的行为，即可称为暂时性的同性爱，当然以其接触到男人之后立即转性，脱离此种状态为前提。

而真正意义上的同性爱者则是指女人成熟之后依旧对异性毫无兴趣，或者稍有接触，随即又回到同性身边，不像有的女性那样只是结婚之前的一种游戏，而是即使邂逅男性依旧不改对同性的兴趣的女人，这才是真正的同性爱。

严格定义当然是件困难的事情，概而言之，对同性的兴趣极为强烈，若干次的异性经验无法动摇其性取向的女人，即可称为真正的女性同性爱者。

事实上，即使如此定义仍然存在问题。有的被视为真正同性爱的女人，某一日也会突然间失去了对同性的兴趣，而彻底埋头于男人了。这个例子容后面详细介绍。

还有一类被称为“两把刀”的人，即对男人、对女人同时都有兴趣。这种场合，只有依据其对哪者更加兴趣浓厚来确定，假如在其心里认为“说到底还是女人好啊”，那么毫无疑问即是真的同性爱。但一般情况下，“两把刀”们必须面临二者选其一的时候，多数还是选择男性。

此外，针对这一分类对照先前所述的三次移情别恋来看一看。从同性爱转向异性爱、再转向对子女尤其是儿子的爱，同处女进入结婚、再进入育儿阶段基本是一致的，即爱的成熟过程与女人身体的成熟过程是互为表里的。

这个对照说明了一点，同性爱的状态只是女性整个发展阶段中极其初步的、未成熟的一个状态而已。

从少女期进入青春期，每个女性差不多都要经历同性爱的洗礼，然后再放弃。随着年龄增长，依旧停留在第一阶段的女人，用一个稍许刻薄的譬喻来说，就像一把年纪了依然热衷于摇摆舞一样。

当听到说“那个人是同性爱呢”，男人们脸上会露出一半嘲笑一半怜悯的表情，就是因为他们不由自主地联想到了这种不成熟性。

女性同性爱的悲哀

有些男人不承认女性存在真正的同性爱。女性中也有许多人同样如此，甚至可以说，除了真正的女性同性爱者，现实生活中几乎所有的女人都不承认同性爱的存在，她们对于同性爱者，比男人更加抱着嘲笑和怜悯的态度。

曾经热衷于同性爱的女人，当邂逅到意中男人，过上幸福美满的生活之后，再回顾以前，她一定会觉得那只是一段愚蠢而滑稽的时光。

为什么这样呢？

与男人相比，女人更加遵从生理的指引，因而从这个原点出发来考虑就比较容易理解了。

否定同性爱的女人 10 个就有 10 个是这样回答的："当然是男人比女人更好啦。"

这种明快的回答就是女人对待爱的态度。

女人对于快乐是率真的，换句话说，女人对于追求快乐、享受快乐是贪婪的。虽然不像男人那样表现得直截了当，但是就欲望而言，显然女人比男人更加强烈。

自然，快乐单靠肉体的条件是不能成立的，除了肉体还须具备爱对方这一精神条件。且不论肉体与精神两者比率各是多少才构成最大的快乐，无论如何，女人总是会选择总体上更大的那份快乐。在这一点上，女人是毫不踌躇的。

女人由同性爱转向异性爱，不仅是理性的选择，更是对于快乐的一种本能的选择。

于是，我们就可以理解为什么有的女人在邂逅男人之后，依旧沉湎于同性爱了。这部分真正意义上的同性爱者，她们从男人身上得到的快乐比从同性伴侣身上得到的快乐要弱，即没有从男人身上享受到真正的性快感。

正常的女性，对女性同性爱者投之以同情的目光，是因为她们认为这些同性爱者缺乏获得这种快感的能力，即使没有说出来，但她们心里是这样想的。

但事实上，根本的原因不见得全在女性同性爱者身上。

女性同性爱者中大部分是因为男人缺乏主导引领的本事，初次交合便令对方失望，一旦萌生的对男人的好奇心由于男人的笨拙而碰壁夭折，以后从同性身上享受到快感，快感的获得方式被定型化了，除此以外她们享受不到快感。其实无论再严重的同性爱者内心都渴望投入男人的怀抱，这种欲求是每个女人与生俱来的，但是当她们的身体渐渐习惯了同性之后，其欲求表达就变得越来越畏怯了。

所以说，与女性同性爱者有过接触的男人责任重大，因为他们非但没有给予女性快感，还令她们失望和产生畏怯，以至踯躅于同性爱的世界。

不管怎样说，女人同性爱之所以存在，是因为她们没有享受过与男人性爱的快感，这既是结果同时也是原因，由于没有享受过与男人的性爱的快感，所以她们才会踯躅于同性爱的世界中。

因此，女人同性爱属于一种性感缺失症，这种观点是可以成立的。

现在流行的同性爱游戏，大多是肌肤的接触、接吻以及用手指进行爱抚，偶尔有使用道具的，但也不像男人所想象的那样频繁，至于戴着仿真阳具游戏的更是几乎没有。

以肌肤的接触和接吻为主的同性爱，最终仍然体验不到阴道快感，阴蒂快感无论如何是不及阴道快感的。即使通过手指的行为也能够开发其阴道快感，但只要不是通过与男人的交合而获得性爱快感，她们依旧是一群性快感缺失的女人。

男角与女角

女性同性爱和男人同性爱一样，也有男角和女角之分，圈子里将前者称为“小生”，将后者称为“小猫”。

若问女性同性爱者是愿意当男角还是愿意当女角？答案是绝大多数人期望当男角。而愿意当女角的只是那些刚刚被引诱进入这个圈子，经验还不多的女人，等到她习惯于同性爱、渐渐变得大胆之后，她也会希望成为男角。

这一事实与男性同性爱中，大多数男人所期望的是男角而寻猎女角形成了对照。

女性同性爱中的男角其使命就是主动给予对方女性以爱抚，使之兴奋、得到快感，过程中虽然对方也给予己方一定的回报，但是同己方所给予的快感相比少得可怜。因此从快感这一点上来说，男角是提供者，女角是接受者，这种状态与男人和女人的性爱交合状态是一致的。

这一现象揭示了这样一个事实：女性同性爱者在心理上大都渴望自己成为男人。

普通人一想到女性同性爱，往往情不自禁地想到两个女人赤身裸体尽情地调情嬉戏的场面，因为不用担心受孕，所以玩起来毫无顾忌。其实这样想过于简单了。事实上，女性同性爱者并非天马行空般地游戏，几乎所有的女性同性爱者都是确定好男角女角，一人扮演爱的一方，一人扮演被爱的一方，而即使一时扮演女角，只要有机会也想尝试男角。

“做男角随心所欲地抚弄女人，当然有劲儿多了。看到对方一点点兴奋，自己也情不自禁地兴奋起来。不过，对方要是过分兴奋陶醉的话，反而会让自己清醒。”

这是一位扮演男角的重症同性爱者所袒露的心迹，如果将其身份换成男人，不折不扣就是一个男人的心态。由此可见，女性同性爱者的心理已经完全站在男人的立场上了。

当然，女人扮演的男角其行为在整个过程中并没有最本质的肉体快感，有的只是看见对方在自己主导下不断兴奋陶醉所产生的满足感。这种快感完全是男人的、精神性的快感。忘却了自己身体的感觉，看到对方快乐的样子自己也快乐，这种快乐方式原本不是女人的快感方式。女人往往单纯沉迷于肉体的快感中，而不会像男人那样睁开眼睛看着对方，竖起耳朵听着对方，为对方的快乐而快乐，但是女性同性爱者一方面身为女人，另一方面却试图体验这种理性的快乐，超越肉体的精神的快乐，超越现实的想象的快乐。

男人本质上是浪漫的，在性爱中必须张开想象的翅膀去遨游，否则精神停滞不动就无法感受到任何快感。女性同性爱中的女人，在这一点上和男人如出一辙。

换句话说，女性同性爱者是女人中的少数浪漫主义者。

一位同性爱者的实态

这里举一个女性同性爱者的例子。

这位女性现年 26 岁，16 岁时受一名年长的女人引诱，堕入了同性爱。自那时起，她一直和同性女人打交道，从未接触过男人。

一年前，她邂逅了一个男人，在这个男人软硬兼施的诱惑下，将处女之身给了他，然而结果却不妙，她与这个男人仅此一次便没了下文。后来又与第二个男人有了关系，也是对方软硬兼施的结果，不过她不像第一次那样害怕了，和这个男人的结果也很一般，虽然后来又发生过三次关系，但每做一次便多一分厌恶，原因是这个男人太粗鲁，交合过程太冗长。

和第二个男人分手三个月后，这位女性竟然主动爱上了一个男人，这是不同寻常的，因为之前她是只对同性才会感兴趣的。她和这个男人也发生了关系，这个男人在性爱方面不怎么出色，但是交合前后的爱抚非常到位，每次总是酿造出一种情意绵绵的氛围。他两颊长着细卷的鬓毛，下颏是淡淡的胡须，身材颀长，不怎么沉湎于性交，而是经常和她一起在卡拉 OK 厅唱歌——这些都是她喜欢的。

如今这位女性已经陷入爱情难以自拔，对同性爱早就没有了兴趣。

这位女性便是先前分类时提到过的。

单从表面来看，这位女性邂逅男人之后便抛弃了同性爱，应该算作暂时性的同性爱者。然而她的心理一直是同性爱的心理，对精神的重视超过了对肉体的重视，而且所喜欢的男人也是“小猫”气质的男人。因此从本质上讲，看起来像是喜欢上男人，其实仍然没有抛弃掉同性爱。

这位女性之所以堕入同性爱，女子学校中盛行的 S 关系是个契机，后来进入歌剧团，她扮演的是男角，对她的同性爱又起到了推波助澜的作用，而后成了一名夜总会的陪酒女，与谈得来的女性同住一个屋檐下，于是不可避免地走上了这条道路。

再进一步了解她的家庭背景：她有一位母亲，生身父亲在她 3 岁时和母亲离了婚，养父对她倒不错，但是爱在外面玩女人，她时常见母亲烦恼不已，便暗自思忖，如果自己是男人的话将怎样怎样做，在心底里描绘了一幅理想的男性画像。

很偶然地，她周围多为女性，这样的不利环境最终造就她走上了同性爱的道路。当然身处这种环境不代表一定就成为同性爱者，她之所以成为一名同性爱者，主要并不是别人的引诱，实在是她心底里的男性理想，幼儿时期的潜在心理对她有着巨大的作用，她不过是将它一步一步具体化了而已。

限于篇幅，这里就不一一介绍更多的事例了。但是通过上述这位女性的例子，已经充分展示了同性爱者的生活实态。

对其他同性爱者的调查显示，几乎所有人心里都有着一幅理想的男人画像，她们往往会从身边的异性中去寻找这个理想画像，从中获取爱情。真正的同性爱者却没有进行这种替换，而是自己去扮演这个理想男人，倘若中途变得倾心于某个男人，则一定是这个男人能够满足她继续扮演男人角色的潜在愿望。

从这个意义上讲，真正的同性爱者虽然肉体上缺少快乐，但却能够用精神上的快乐去弥补肉体上的不满足。

假如娶这种女性做妻子，对男人来说或许性的快乐少了些许，但是精神面上的快乐足以弥补生理上的不足，因而有不少优点。

本章小结

一、女性同性爱大致可以分为暂时性的同性爱和真正的同性爱两种类型，前者只不过是邂逅男性之前一时性的行为，后者则邂逅男性后仍旧无法摆脱对同性的爱。

二、同性爱者大多是在性方面未成熟的、尚未体验到与男性交合的快乐的女性。

三、真正的同性爱者中绝大部分属于男角，她们通过扮演男角，将自己幼儿期开始怀有的男性化愿望付诸具体行动。

四、可以肯定的是，同性爱者是想象力丰富的浪漫主义者，精神优先于肉体的非女性化的女性。

·第七章·

性感缺失的女人（上篇）

性感缺失是女人先天所具有的一种自我防御手段。

绪言

本章将论及最大的难关，性感缺失的女人。

称之为最大的难关，首先是“性感缺失”的成因因人而异、千差万别，难以进行科学合理的分类；其次因涉及个人的房事隐私，有关其症状的自述少而又少，即使有，也大多经过言辞上的处理后才表达出来。本来已经够复杂了，再加上不止一个的个人理由叠加在一起，而且有些问题因时间逝去而不断变化；此外就像女人没有阳痿不举的实际感受一样，男人也没有女人性感缺失的实际感受，等等，总之，条件之复杂实在不可胜数。

尽管如此，我们也不能光是发牢骚。

迄今为止，关于“性感缺失”的探讨完全有如湮没在茫茫黑暗中一样，即使偶有相关的论述，也是孤零零的、互不关联的个案介绍，几乎看不到对此系统的概括、分类以及基于这之上的理论阐述。

本章之所以不称为“性感缺失症的女人”，而称之为“性感缺失的女人”，自有笔者的考虑，加上一个“症”字，如症状、症候、病症、恶症等，会给人一种疾患的印象。事实上，英语中与“症”语意相当的“Symptom”一词，是指疾病的症状或性质，显然是以承认其是一种疾病为前提的。

但是笔者却认为，将性感缺失作为一种疾病对待，似乎有些过头了，它只能说是一种倾向。由于它不单纯是身体上的问题，生活中性感缺失的人与普通人看上去并无两样，并且被排除在健康保险的范围之外。基于这样的理由，笔者去掉“性感缺失症”中的“症”字，称之为“性感缺失”。如果斟酌一下“高血压”与“高血压症”、“不孕”与“不孕症”的语感差异，就能够理解这两者的区别。

可以看出，前者仅是一种倾向或是状态，而后者则是一种能够在医学上成立的疾病。

换句话说，去掉这个“症”字，意味着没有将“性感缺失”视为某种特殊的病症，而是定义为在普通人身上也可能发生的某种状态，从而从一个更大的范围来审视这个问题。

不过在后文中会数度出现“性感缺失症”“性寒症”等字眼，这并不是笔者措辞混乱，而是考虑到读者迄今已经习惯、易于理解的缘故。女性杂志或周刊上经常出现这样的词语，事实上都是应该去掉“症”字来使用的。但突然间笔者独自一人这样来使用的话，可能会引起混乱，所以后文中所出现的“性感缺失症”含义均是指笔者前述的“性感缺失”，只不过出于约定俗成的考虑，“性感缺失症”更便于读者理解。

什么是“性感缺失症”

一个常见的问题是：“性感缺失症”与“性寒症”有什么区别？

现实生活中，这两者经常被混同起来使用，甚至有的辞书也采取了含含糊糊的表述：性感缺失症→性寒症。

事实上，这两者非常类似，一般就表象而言混同起来使用也不算谬差，但是两者的成因及内容却有很大的差异。

所谓“性感缺失症”（Dysparennia）是指无法通过性交获得快感即高潮（Orgasmus）；而“性寒症”在专业术语中没有完全对应的词，比较近似的有 Frigiditat（英语为 Frigidity），翻译过来有寒冷、冷淡、冷漠等意思，故“性寒症”一词恐怕是从这里来的（通俗的说法叫“性冷淡”），然而 Frigiditat 的专业译语应该是“性无欲症”，换言之，它的含义是指没有性欲（Libido）、对性交毫无兴趣。故此，“性寒症”只是强调语气、语境的一般译名，而“性无欲症”是强调其实际状况的标准译名。

不管着眼点落在何处，“性寒症”表明的是一种没有性欲的状态，而“性感缺失症”则是有性欲但无法获得性快感的状态。

以上对“性感缺失症”做了一个简单定义，即性感缺失症是指无法通过性交获得快感的状态，就这一定义来看，性感缺失症非常简洁易懂。

然而这里还存在疑问：“无法获得快感”中的“快感”究竟指一种什么状态？

是指高潮那样的巅峰体验，还是指一定程度上的快感？基准不一，答案就会如隔云泥。倘若以巅峰体验为基准，那么一般只获得某种程度快感的健康女性全都成了性感缺失症。最近一些女性阅读了有关性的图本后钻入牛角尖，以这种巅峰体验作基准，自寻烦恼地怀疑自己是不是得了性感缺失症？毫无疑问，这显然过甚其词了。

这里的快感应该是指某种心情愉悦感、对性交这一行为的好感和兴趣，这样来看的话其包含的范围就宽广多了。

不过，这样的定义仍不免笼统和暧昧。

例如，与某个男人性爱能获得快感，但和其他男人则毫无感觉，或者是和某个特定的男人在某种状态下能够获得快感，但是换一种状态就完全无法获得，这样的女人可以断定其为性感缺失症吗？

一般而言，尽管只能与某个特定的男人在某个特定的状态下才能获得快感，但毕竟是能够获得快感的，因而不能算作性感缺失症。换句话说，这种情况说明女人的快感是与一定条件（男人及环境）紧密相关的，这也从反面印证女人的贞操观念。

关于这个问题，后面还将论及，这里就先打住不展开了。

总而言之，只要与某个特定的男人在某种特定的条件下能够感到快感，哪怕范围再狭隘，这个女人就不属于性感缺失。

假如这个“特定的男人”不是被社会所认可的丈夫，又该如何解释？这时候，我们就不能简单地以“你能在与别的男人的性爱中获得快感，所以你不是性感缺失”来搪塞。这种现象，只能称为社会制度性的性感缺失，与真正的性感缺失是两回事儿，容我们在后面再讨论。

再回到“无法获得快感”的问题上来。

想象一下初夜时的情况。此时，几乎所有的女人都不可能获得快感，非但如此，甚至还伴随着痛苦和厌恶。假如根据上述定义，仅从“无法获得快感”这一点来考虑，那么也可以归入性感缺失了，但事实上这种情况不能称之为性感缺失。

可见，上述定义还须考虑到一个例外的情形：没有性经验或是性经验甚少的除外。

此外，关于快感的定义也不能局限于肉体上的愉悦，如将它扩大至精神上的充实感，则女人在初夜或者初次体验性爱时尽管会伴有肉体上的痛苦，但因为将自己的处女之身献给了心爱的男人，有了精神上的满足感，即使排除先前的例外情形，上述定义依然可以成立。

事实上，在女人的第一次性经验中凡是伴随这种精神满足感的，几乎毫无例外，在以后的过程中都能够逐渐体验到正常的快感。因此，将快感定义做这样的扩展不存在任何问题。

还有一个疑问：妓女的性感缺失又如何理解？

众所周知，妓女对待性交是不会用心的，也就是主观上不会投入，也不会去追求快感，不仅如此，她们还会竭力保持清醒，避免受对方影响而动情。这一方面是为了防止因到达高潮而耗费体力，另一方面则是为了预防带入个人感情因素而影响到“工作”。但不管怎样，有意识地加以控制而形成的性感缺失不同于真正意义上的性感缺失，一不小心还是会产生快感的性感缺失，所以严格来讲不算性感缺失。

妓女中间有小部分人不论与谁、在什么样的状态下都无法感受性快乐，她们不是有意识地控制和压抑，而是自始至终根本感受不到。这样的人被称作“天生的妓女”。这种妓女则一如普通女人，也属于性感缺失症的范畴。或许正因为性感缺失，她们才会成为妓女，或者是能够作为妓女而生存下去。在讨论女人性感缺失时，这其间的因果关系也不可忽略。

无论如何，只有明确了快感的定义之后，才能确定性感缺失的定义。

关于快感的定义，借用一个陈词滥调式的表达来界定是最为稳妥的，即它是因人而异、因地而异的，依据每个人的个人差和周围环境有所不同，同时快感的基准不可设置为高端的巅峰体验，而只能尽量设置为低水平的一般体验，这样才能保证讨论的实际意义。

日语中没有一个词能够恰如其分地表现这种基准性的快感，因此只能尝试着这样表达：肉体上具有某种愉悦感，精神上具有某种充实感、满足感，性交时同时感受到这两者或者其中任何一种感觉的，就不属于性感缺失症。

反过来，假如与某个特定的男人在特定的条件下性交，整个过程中既无肉体上的愉悦，也没有精神上的满足，这类女人就应归入性感缺失的女人。

性感缺失症的分类

造成性感缺失症的原因多种多样，很难简单地进行归纳，即使是这方面首屈一指的研究专家施蒂克尔，作为一名不擅长图解分类的德国人，他的分类也让人望而兴叹。

为了对性感缺失症的产生原因有一个大致的概括性了解，这里姑且参考九岛胜司的分类，尽管事实上也可能并非如此，并且其中不仅仅是纯粹的性感缺失，似乎也混入了一部分性无欲症的原因。

按照他的分类，产生性感缺失的原因可分两大类：

一、身体原因

A. 因生殖器疾患或男女生殖器不相容引起的性交疼痛；

B. 生殖器发育不全或畸形；

C. 生殖器萎缩、去势；

D. 黏连性子宫后位症、卵巢下垂等；

E. 阴道痉挛。

二、精神原因

A. 歇斯底里；

B. 对于性交的厌恶、恐惧、肮脏感等；

C. 早泄；

D. 性交技巧拙劣以及性无知；

E. 自慰过度；

F. 精神压力：

ⅰ. 初经时的羞耻心理；

ⅱ. 新婚初夜的精神刺激；

ⅲ. 妻子同丈夫以外的男人有爱恋之情甚或不正当肉体关系；

G. 杂居生活造成的对周围环境的顾忌；

H. 对性交高潮的过度期待（虽有快感但依然对快感有更高的期望）；

I. 性交中断（避孕目的）、着戴避孕套性交等引起的神经高度紧张；

J. 因近亲结婚而造成的缺乏异性爱情，仅有同胞亲情；

K. 敬畏丈夫，或蔑视丈夫；

L. 蔑视性快感；

M. 其他各种精神性、情感性的因素。

以上原因中，几乎所有身体方面的原因都是特殊性的，本身就属于一种疾病，与一般所说的性感缺失含义完全不相同，其治疗也需视情况做妇科或外科的处置，因而不在本章的讨论范围之内。不过，唯 E 项的阴道痉挛则大多是精神因素引起的，只不过呈现出身体上的变化而已。

精神方面的原因如上所列，林林总总，每一项都包含诸多方面的内容，并且夹杂着一些难题，而且每一项都不是孤立的，它们之间多数互有联系，或者互有重叠。

例如，A 项的歇斯底里性格在 B，F，M 等项中也时有所见，这些重合在一起形成了性感缺失症。尤其是 M 项，一言以蔽之曰精神性、情感性的因素，但是“其他各种”的含义即 A 项至 I 项以外的任何精神压力、紧张、挫折都可能成为性感缺失的原因，故其范围极为宽泛。

这其中相对理由较为单一、解决方法也相对来说较为简单的，是 C 项的早泄、D 项的性交技巧拙劣以及性无知、G 项的杂居生活造成的对周围环境的顾忌以及I项的性交中断（避孕目的）、着戴避孕套性交等引起的神经高度紧张等，只要男女双方互相配合，或条件稍加改善就可以治愈，但如果错失了治疗的时机，则也可能造成性感缺失习惯化，身体和精神都对这种条件产生了麻木，到时候再改善条件恐怕为时已晚了。

性感缺失症通常会给当事人带来精神和肉体上的焦灼和劣等感，结果使得性感缺失症愈加顽固难以医治，换句话说，原因摇身一变成为结果，结果又反过来成为原因，如此恶性循环，症状越来越重，这一点不容轻视。

J项的因近亲结婚而造成的缺乏异性爱情属于特殊情形，但既然归入了结婚这一社会体制内，其治愈非常困难，如同F项第iii条的妻子同丈夫以外的男人有爱恋之情甚或不正当肉体关系等一样，只要没有从社会规范中剔除，它作为性感缺失的原因之一就无法轻易被解决掉。

其他原因也看上去简单，实际上给女人心灵上造成的创伤不可小觑，即使成因得以消除，但是创伤却不可能彻底消失，这种精神创伤还因个人所处的环境以及感受性而有所不同。

如果原因明了，则还算庆幸的，现实生活中有许多患有性感缺失症的女人病因不明，治疗也无从下手，每天过着闷闷不乐、令人同情的日子。

主要基于精神因素的几个成因

在先前述及的分类中，对于主要源于精神因素的几个成因稍许详细探讨一下。

关于 A 项的歇斯底里，在前面章节中已经论及，这类女人一般自恋情结严重，想象力丰富，易受外界暗示，一般而言比较难应付，但是男人若能很好地引导和主导，因富于性感，故一定是个别有妙趣的女人。

看到这里，再对照前面分类中被列为性感缺失的原因之一，读者可能会产生疑惑，其实这两者并不矛盾。

因为说这类女人富于性感，是说某个特定的男人，而且是加以很好的引导和主导的情况下，并非指所有场合都是这样。这类自恋、个性较强的女人，如果与某个男人特别相适，则其内在蕴藏的性感素质会得到充分发挥，然而其相适的范围同一般女人比较却非常狭小，具有很大的局限性。

由此可见，当男女相适的时候，富于性感绝对是积极因素，而在性感缺失的场合中，它却又成了负面的消极因素。换句话说，这类女人的情感振幅很大。

这种对于男人甚为狭小的相适性，也是女人共通的特征之一。从这个意义上讲，不可否认，除了某些特殊情况，性感缺失在某种程度上也可以说是女人的先天素质。

尽管如此，歇斯底里性格自身几乎从未被视为性感缺失症的成因，虽然极易成为其原因，但是并不等于就是，如同具有歇斯底里气质的女人不一定就发作是同一个道理。先前的分类中之所以将它列入，只是指出它具有这种倾向性，而不表示它就是直接的原因。

B 项对于性交的厌恶、恐惧、肮脏感等，现在也被视为性感缺失症的主要原因，已越来越受到重视。这其中视性交为不洁的倾向尤为突出，与其说是先天性的，更主要还是后天所受到的影响，如家庭的管教、自身的道德伦理观等。施蒂克尔也曾列举了数个事例，说明欧美的天主教徒等家教甚严的上流家庭出身的妇女往往怀有这样的偏见。对于幼儿时期的男女灌输性是龌龊不洁的观念，对其讳莫如深的做法，在现代社会仍然非常盛行，甚至不仅仅作为一项家庭管教，而且被当作一种正统的道德观、伦理观。

及至年岁渐增、成人之后，这种观念会渐渐淡化以至消失，但是在只有母女两人共同生活的环境中，或者双亲对女儿极其溺爱、交往范围极为狭小的情况下，女人仍很自然地怀有这种偏见，从而易产生性感缺失，这种事例不在少数。

从这个意义上来说，进行与年龄相适的性教育是非常必要的。

至于对性交怀有厌恶和恐惧，问题又更加复杂了。

这种情况下，根本原因还在于女人对于性交的不洁感、罪恶感，除此以外，大多还由于受到过某种精神外伤，例如少女时期突然看到巨大的男人阴茎，不经意撞见父母性交的场面，被不喜欢的人强迫接吻等，只要是上述任何一件看似不相关的小事，都足以形成其精神上的外伤。

对于性的肮脏感、厌恶感，每个女性在少女时期或多或少都有，它自身并不属于异常，但是进入青春期后，当开始萌发爱的憧憬时，如果因为这种精神外伤而不能顺利地萌发男女情爱性爱，只会造成厌恶感或恐惧感不断加重，最终导致性感缺失症，无论男人如何努力，都无法冲破性感缺失这道屏障。

这就意味着女人在对某个男人产生深厚而坚定的爱情之前，已经对所有男人产生了恐惧和失望，这不啻为是一种悲剧。

至于 C 项的男人早泄而导致性感缺失，事实上并不多。

诚然，早泄会造成女人不满足，使其产生精神不安、焦虑，甚至对男人产生不信任和蔑视，以及加重女人对于自身性欲的厌恶等。但是现在针对早泄已有专门的治疗手段，即使不加治疗，随着年龄增长也会在一定程度上得到自愈，并且如果女人深爱着对方的话，仅仅对方射精这一事实也可以令女人得到满足。但假如女人对对方缺少爱情，或者性欲极强却又非常内敛的场合，问题就会出现。当然，这与其说是精神上的问题，更主要还是技巧上的问题，因而并不算很大的问题。

D 项的性交技巧拙劣以及性无知同前一问题有相同之处，

只要双方协调配合完全可以解决。

如果仅仅一两次当然不成为问题，不过，事实上多数的情形却是长期如此且从未采取改进对策。如此一来，一开始还仅止于技巧问题，但渐渐会转化成精神问题，且增加了双方间的不信任，解决起来更加困难。

不管怎样，这种情形只要男女具备一定的知识和教养，随时随地都能得到解决，也不会成为性感缺失症的主要原因。

E 项的自慰过度一般较多地被视为女人性感缺失的原因。

单单自慰而成为性感缺失原因的极为少见，这其中还掺杂着男人的态度，即错失了从自慰中解脱出的良机。

女人的自慰有多种形式，一般以阴蒂快感为代表，而无法获得正常性交中获得的阴道快感。阴蒂快感与阴道快感孰优孰劣姑且不论，要想彻底纠正自慰，就必须通过同男人的交合，让女人切实感受到由男人插入而带来的愉悦大大超过独自一人自慰所带来的快感。当然，阴道快感的唤醒还须仰赖精神层面的支持，例如对这个男人的爱情。一般来说，女人多经过这样一个过程，使得阴道快感得到开发，凌驾于阴蒂快感之上，从而抛弃掉自慰行为。

但是，如果从阴蒂快感向阴道快感转换的过程中，因某种原因的障碍，例如男人动作粗暴、缺乏亲切、感情背叛等，会使得精神层面的支持缺失掉，只剩下厌嫌，如此阴道快感就无法被唤醒，以致冷漠，甚至对性交行为本身还会产生抵触和抗拒。

多数情况下，女人会因此而患上性感缺失症，个别性欲极强的女人或者以往曾经由自慰获得过快感的女人，则会返回到自慰中去寻求快感。换句话说，她们尝试过去体验阴道快感，但结果却是失望，故而又回到了阴蒂快感阶段。

这样看来，除了极少数极端的自恋狂和沉溺于自慰中的女人，自慰与其说是性感缺失的原因，其实更应该视作性感缺失的结果。

F 的精神压力项下列举了三种情况，这其中包含了各色各样的问题。

首先是身体上的羞耻，只要是女人谁都有体会。而之所以有的女人因此而性感缺失多数人却没有，这与其周围的环境有密切关系。

女生在学校来月经时，偶然被男生发现而受到刻薄的嘲笑侮辱，从而产生了血是肮脏的观念，严重时从对自己的生理厌恶扩大至对性本身的厌恶，进而导致性感缺失。当然，在性观念日益得到开放的今天，这种现象应该越来越少见。

相比较，从发生的频度来说，第二种情况即新婚初夜时受到精神刺激而导致性感缺失更加常见，它与 B 项一样都是性感缺失症的重要原因。

举个简单的例子：初夜时，丈夫瞥见妻子的腿忍不住说了句："腿真粗啊"，这样的话在妻子脑子里留下了深刻的烙印，以后每次同丈夫行房妻子都会毫无快感。

另外，因为一句"男人那玩意儿真要命哪"的戏言而患上性感缺失症的例子也举不胜举。

从频度以及性感缺失的严重程度来说，新婚初夜的首次性体验对于女人都是事关重大的。

初夜对于女人来说，是对性的漠然和恐惧成为现实的那一刻，是通往绝妙快感的痛苦经过，是阴蒂快感向阴道快感升华的起点，是独自一人的性向两个人的性的启程。在这一刻，对于未知的恐惧和不安，唯有对男人的爱情和信任赖以支撑，但倘若这种支撑一下子失去或破碎，女人对以后到来的两个人的性势必产生失望、恐惧，牢牢闭起快感的铁门。

从这个意义上讲，性感缺失是女人先天所具有的一种自我防御手段。

近来，年轻女性中性感缺失症日渐增多，恐怕与性技巧拙劣的男人增多以及新婚初夜的性体验过于平淡无趣不无关系。无论如何，初夜对于女人以后的性生活都具有极其重要的意义，过去是这样，现在依然是这样，今后也不会有所改变。

同丈夫之外的男人保持爱情或不正当关系而导致性感缺失，如前所述，严格来说不属于性感缺失症的范畴。也就是说，由于心中另有所属，在性交过程中无法对丈夫集中情感，从而感受不到性快乐。同丈夫没有快感，但同其他男人则有快感，这不符合前面关于性感缺失症的定义。

不过一般的情况却是，越来越多的家庭主妇对丈夫说不上特别讨厌、远未到离婚的程度，但是性交过程中就是没有快感。这种情况或许是夫妇间紧张感消失了，从而使得性感受较难被激发起来的缘故吧。

G 项的杂居生活对于生活在都市的夫妇来说是非常现实的问题。

夫妇交合会不会被人窥见或听见，这种担心确实是导致性感缺失症的原因。不过，由于原因和治疗方法都非常明确，属于金钱能够解决的问题，本章姑且就不加探讨了。

H 项对性交高潮的过度期待，是指即使能正常感觉到快感但依然对快感有更高的期望，也就是贪欲无度，或许是因为受了某些书刊的错误引导吧。事实上据医生介绍，比照着书刊怀疑自己是不是得了性感缺失症，慌里慌张去找医生咨询的女人，没有一个是真的性感缺失症患者。

对性感受的夸大理解反过来却导致了性感缺失，这实在是个讽刺。

再来看 I 项：性交中断（避孕目的）、着戴避孕套性交等引起的神经高度紧张，这在避孕甚为普及的时期，曾经一度极为多见。两个人之间隔着一个避孕套，这对于激发和提高性感受确实有妨碍作用，不过若是不戴套又担心受孕，反而神经紧张，同样得不到性快乐。

男人和女人对于同一件事情会有不同的感受。事实上，着戴避孕套本身不是问题，问题在于男人试图避免怀孕的态度，或是男人不顾女人有受孕的危险，单方面沉湎于性事的快乐中，这种心底里对男人的不信任才是关键。

J 项的近亲结婚严格来说也不属于性感缺失症的范畴。虽然在这种情况下，亲情被优先于爱情、性快乐，但不同于普通性感缺失症的是，男女双方之间另有一种两性间的亲近感和充实感，这是由于熟识和亲近而导致的性感缺失，而非疏远、敌对导致的性感缺失。

K 项的因敬畏丈夫或蔑视丈夫而导致性感缺失，这种情况并不少见。

敬畏丈夫的场合，女人感觉自卑，自己给自己套上一副酷厉的枷锁，精神上不自由，因而妨碍了快感的奔放向上；相反蔑视丈夫的场合，女人在精神上和肉体上都无法服从男人，自然没有快感可言了。

女人的高潮快感是建立在忘我的基础之上的，从这个角度就很容易理解这类性感缺失症了。

L 项的蔑视性快感同 B 项的对于性交的厌恶、恐惧以及肮脏感有关联之处。不少宗教和道德观都将性的快乐视为一种罪恶，受这种宗教和道德观影响性感缺失的女人就是其牺牲者。

还有一种情形则是看到自己的母亲或是同性先辈沉溺于性爱，产生厌嫌感，为防止自己走上同样的道路而怀有极深的警戒心，以致成为性感缺失症。前者是蔑视性快感的直接受害者，后者则是间接受害者。

M 项所列的其他各种精神性、情感性因素笼统而宽泛，包含了多种多样的情形：因对男人爱情消失、不信任、背叛产生的反抗而导致性欲异常、变态，以及幼儿体验、异常体验等都属于这一类。

综括起来，这些都属于精神上的创伤，也就是精神外伤。

·第八章·

性感缺失的女人（下篇）

容易受伤的女人和不会受伤的女人，从女人这个角度来讲，究竟谁更幸福？假如不深入到性的内面去窥探，就无法简单地下结论。

容易性感缺失的女人

只要身体正常，任何女人都能够通过性交获得快感，同时也都可能产生性感缺失。换句话说，性感缺失是女人通过身体这个窗口呈现出来的两种表情中的一种，因此，只要是女人，谁都存在患上性感缺失症的可能性。

不过，这也是因人而异的，有的人比较容易性感缺失，有的人却不易性感缺失。

那么，什么样的女人容易性感缺失呢？要回答这个问题，最为贴切的方法就是，首先找出性感缺失的原因，然后从中得到答案，归纳出什么样的女人容易性感缺失。

性感缺失的原因在前面已经介绍过了，这里省略不再赘述，仅概括性地提示一句，性感缺失的原因分为身体原因和精神原因两类，现在一般所说的性感缺失几乎都与身体原因无关，而是由精神原因引起的。

初次性体验时的不安、厌嫌、丈夫缺乏体贴、担心受孕、对丈夫的不信任等情绪都会在女人心里投下微妙的阴影，成为心灵上的创伤。医学上将此种情形综括起来称为“精神外伤”。

性交尤其是初次行房时的女人心理极其纯真，因而它也极易受到男人的态度以及周围环境的影响。这其中，又可分为两类：纯真至极的女人和一般的女人，也就是容易受到伤害的女人和不太容易受伤害的女人。纯真而易受伤害的女人可以归结为神经质的女人。

举例来说。因隔壁房间有人而担心与丈夫的亲密行为会被偷听到的时候（居住环境狭小的都市中这类情形相对较多，农村偏远地区的大家庭中婆媳、姑嫂共同生活的情况下也会出现类似情形），丈夫宽慰道，没关系，不会被听到的。此时就会有两种结果：一种女人自始至终提心吊胆，放心不下；另一种女人开始时缩手缩脚，但渐渐卸下包袱，不再去管它了。显然，始终介怀的前者更容易患性感缺失症。

这类女人一般可称之为神经质，但若仔细分析一下其心理，首先是有一种羞耻心，担心自己的行为被别人听见；其次还有自尊心（我可不是这种女人），对于在可能被人听见的环境中公然向自己提出要求的丈夫的抗拒和蔑视，以及不得不在这样的条件下做这种事情的厌恶感，等等，各种心理夹杂在一起，互相重叠，互相影响。

再进一步细究下去，还可以看到女人某些精神上的戒律：性交是可耻的事情，更不用说发出欢悦的叫声，给别人造成困惑，这是绝不允许的。这些其实都是女人在成长过程中所受的家庭教育和道德观的投射。（也有人表示，被人听见或窥见极富刺激性，反而可以激发起情欲，不过这只限于性经验丰富的成熟男女之间，初体验或性经验尚浅的男女是不可能有如此感受的。）

再来看着戴避孕套性交引起神经高度紧张导致的性感缺失（前章分类中的第二类 I 项），现实生活中许多人并没有因为戴避孕套而陷入性感缺失症，现今的女人大概绝大多数都不会发生这样的事情。

然而因此而性感缺失的女人，其心理其实也可以理解。与男人交合本是精神和身体两方面的亲密无间的结合，但中间却被一层橡胶薄膜阻隔着，这绝不是件令人愉快的事，而一旦产生这样的情绪，是无论如何也得不到满足了。不管对方怎样努力，女人都会觉得是包裹着橡胶膜插入进来的，是人工的东西，而不是真实的爱情。

又假如不是丈夫，而是恋人的场合，当男人小心谨慎地戴好套子靠近时，女人也会觉得对方不够庄重，没有将男女交合之事看得很神圣、很纯洁，只想得到自己的身体而已，或者怀疑对方对自己不信任，等等，这类心理不能说绝对没有。

单是避孕套这件事情，神经质的女人便会有着许多心理活动，疑神疑鬼，结果自然是越想越扫兴。

然而性感缺失症的不可思议之处还在于，即使相反的事情，也有可能成为其性感缺失的原因。

例如，着戴避孕套可能导致性感缺失，但不戴的话也可能导致性感缺失，这是实际发生过的事例。这种情况常见于担心受孕的女人身上，当得知对方不采取任何防范措施的时候，心里惴惴不安而难以集中精神，有的甚至会拒绝交合。这不仅仅发生在恋人之间，夫妇间也不鲜见。个别戒备心特别强、谨小慎微的女人，自己若不亲自确认一下是否采取了避孕措施，就不肯接受对方亲热的要求，有的则是想确认但出于羞耻而不得为之，于是心里自始至终七上八下的，无法全身心投入到性交过程中去。

戴与不戴避孕套，都可能会成为性感缺失的原因，同时又分别是性感缺失症的治疗方法，这就如同放射线既是癌症的诱因，也可以用来治疗癌症一样，完全是一对矛盾。正因为如此，这也是一个极富有挑战性的难题。

幼儿性神经质

前面已经论述了神经质的女人易患性感缺失症，那么“神经质”究竟是怎么回事呢?

“神经质”一词，医学上是指体质性神经衰弱症，有时候也将强迫性神经症归入其中。其精神症状表现为：感情易受刺激、注意力集中困难、记忆力减退、情绪不安等；身体症状一般较多的是自律神经机能不稳定，除此以外还有其他多种表现。

这其中最重要的共通症状是性格内向、极易导致自卑感的自我不确定，以及人生欲望过强、对一切事物都要求按照理想十全十美地绝对化这两种截然相反的性格。

一般在生活中人们所说“神经质的人”，并没有严格按照医学定义，大都是从性格乖僻、过于敏感、易受刺激，从而容易受到伤害的角度来理解，其实这些都是表象，其深层都是因为以上两种性格即自我不确定和绝对化在作祟。

内向、极易导致自卑感的自我不确定的性格，在性行为过程中毫无疑问极易受到伤害，而一度受到伤害，伤痕会非常深，很难治愈。

比如第一次在男人面前露出身体时，被对方一句“腿怎么这样粗啊”，或是新婚初夜时丈夫不经意地咕哝一声“好像有点松嘛”，有这种自我不确定性格的女人就会愈加内向、自卑感更重。可以想象，其势必陷入性感缺失。

另外，绝对化的性格也是种令人头痛的性格，往往理想过高、欲望很强，而且对一切都要求十全十美，时常对周围抱有不满情绪。女人若是这种性格，作为退一步的性格表现，经常会将其掩饰起来，而男人若是这种性格，则往往表现得极具攻击性。在我们身边很容易发现这类人。例如在酒吧里，看到女人走近，有的男人会坐在吧台一头自说自话地发牢骚、说些令人讨厌的话（因内向和自卑感而导致自我不确定），结果身边没有任何女性朋友，时常一副不满的样子。这种男人的性格为偏执，是女人最讨厌的类型，所以最没有女人缘。

绝对化的性格是由于女人将某个女人（或男人将某个男人）固定于某种印象，完全无法进一步扩展开来，泛化至所有女性或男性，因而在性格发展上是有缺陷的。

这种对特定事物的刻板、固定印象，就像幼儿对于母亲的印象一样，是属于幼儿时期特有的幼稚性。而随着年龄增长，人的思维和情感应该从这种印象中脱却出来，这个过程也就是精神成长的过程。极少数的学生激进派活动家囿于某种理想化的革命憧憬，无法从中跳出来，以致走进死胡同，苦闷一生，可以说就是一种典型的神经质病患者。

这种绝对化的性格使得自己的社会适应阈值变得狭小，与社会环境格格不入，经常与身边的人发生摩擦，极少有合得来、可以协调共存的朋友，而这又反过来令其更加钻入绝对化的牛角尖，形成恶性循环。

在性感缺失症中，具有神经质幼稚性性格的女人治疗起来尤为困难。因为这种女人不仅仅是性格乖僻、极端地以自我为中心，同时缺乏将自己幼儿时期受到的教育、体验的物事随年龄增长而适时地加以修正，使之合乎周围环境和规范的适应能力，永远停留在某个时点，只相信自己以前掌握的价值基准，对于不符合自己既有尺度的事物一概拒绝。这种人也被称作“大孩子”。

幼儿时期由于人本身还是幼儿，所学的价值判断基本上都是由成年人塞给他的，是既成的、单方面接受的。然而这个时期成年人所传授给幼儿的价值基准，不一定是大人们心理和行为的真实反映，而往往是被理想化了的东西，大多数情况下是非现实的判断。

例如，大人教育幼儿“不可以说谎”，幼儿尚无独立判断的能力，只好全盘接受。可是这样教育幼儿的成年人难道在现实社会中没有说过谎吗？并非如此，事实上他们清楚地知道不说谎就无法生存的道理。但为什么教给孩子言不由衷的东西呢？

成年人对孩子的教育往往从理想化的东西开始，而且教育的对象越是幼儿这种倾向就越严重。通过向幼儿讲述理想，父母们觉得自己教给了幼儿正确的东西，完成了做父母应尽的责任。然而，成年人自身都无法坚守的理想却让幼儿去坚守，不是对他们的戏弄吗？

等到长大，孩子们会意识到，父亲和母亲教的道理好像有问题哩，那些都是理想，跟现实很不一样。也许他们只是想告诉我，如果可能的话你应该那样去做。

从这个意义上似乎可以说：所谓成长，就是自我卑小化、逐渐将自我融入社会的过程。

绝大多数幼儿经由这个过程而变成一个成人，经过这个过程的磨砺，才能了解理想和现实两方面，自我调适，以适应现实社会的种种状态。但是也有极少数人，拒绝这种转变和成长，加上其性格极度乖僻、自我，就会与周围的人摩擦不断，冲突不断，最终与社会格格不入。

这样的事例在社会生活的各个层面都可以看到。像前述的学运活动家就是一例，在幼儿时期只被灌输了所谓的“人间正道”，年龄逐渐长大，精神上却仍旧没有“断乳”，以致渐渐地变成了一个悲剧性人物。

如果仅限于社会适应力，那问题还算简单。因为一个人固守自己的尺度，冥顽不化，势必会受到相应的非难、嘲笑，甚至是惩罚，这样有助于其意识到自己的认识是狭隘的、不成熟的，从而加以改正，即使不能改正，至少也会明白自己与众不同。但如果带入性生活中，问题就不是那样简单了。

假设有位年轻女性自少女时起就受到严格的家庭教育，视性为羞耻的事情，认为追求性快乐更是莫大的罪恶。在传统观念极强、重视教养的家庭以及天主教徒家庭，这样的情形至今仍为数不少。即使父母双亲自身沉浸在性爱之中，享受着性带来的快乐和幸福，但是关乎子女教育，父母依然按照非常严厉的教育之道，教授给少女非现实的观念。少女因没有真实的性的体验，对父母的教导只有全盘接受并坚信不疑。经年累月，其观念越来越牢固。然而身体和心灵的成长却是正直不阿的，随着身体的成熟，少女终于到了接受异性的年龄，但多年来父母亲所教导的视性为异端的观念不可能一朝消失，非但不会消失，当感受到体内热血沸腾的时候，她还会向自己施加强大的压力，牢牢束缚住自己。一方面升腾起对于性的憧憬，另一方面却依旧无法抛弃性是肮脏的错误观念，在这种状态下男女结婚后，不管丈夫如何体贴、小心地爱抚，做出何种努力，作为妻子的她也不会轻易放开对自己的束缚，性快感稍有觉醒，根深蒂固的性观念立即便复苏，“性是可耻的，是罪恶的”，活生生将快感压抑下去。也就是说，是过于严格的道德教育扼杀了性快感这朵美丽的鲜花绽放。

一般而言，这种情况大多在男人的不懈努力之下能够得以解决，女人头脑里的抗拒渐渐消退后，身体上的快感便会渐渐被唤醒。

假如放任自流，不设法努力解决，或许会出现另一个男人凭一己之力来横刀夺爱，不过这样会使问题更复杂化。自我约束严厉的女人，一般行为较慎重，她们需要的只是耐心的爱，当条件得到满足时，身体的愉悦才能超越精神上的束缚；相反，若是男人中途放弃了努力，或者周围环境进一步恶化，女人可能就此终其一生，快乐之花永远不得绽放。

单是幼儿性观念深植脑中，就会产生如此严重的后果，倘若与不确定性和绝对化等纠结在一起，问题将会更加难以纾解。

这样的女人适应范围极其狭窄，要想引导她们踏入欢悦的境地，必需男人耐心地持之以恒地努力。可是现代青年多处于不成熟状态，能够出色地引导女人的男人少得可怜，这对于这些“大孩子”般的女人来说，更加多了一份不幸。

快感的条件

或许女权主义者会感到愤慨，但实话实说，女人的快感享受首先在于接受男人。至于阴蒂快感和阴道快感、阴蒂快感向阴道快感升华等，在先前的章节中已经论述过了。从结论上说，女人在性行为中的快感，是通过阴道快感来实现的。

事实上，所谓性感缺失是针对女人与男人交合的场合而言的，自慰行为中如果说感受不到阴蒂快感，那也不属于性感缺失的范畴。而性行为是通过男人的性器插入女人性器内才得以成立。换句话说，女人是被动的、接受的性，男人是能动的、施与的性。当然，有时候有的场合，看起来似乎女人更加积极主动，男人更加消极被动，但就行为本身来说，仍然是男人能动，而女人接受。这种能动与接受合二为一，互藏交感，天地之道，表面上看来融融怡怡，其实两者的性质如隔云泥。

例如男人如果提出要求，而女人意兴阑珊，一般性交行为依然能够进行，女人即使不乐意但不妨碍其接受。相反，如果女人提出要求，而男人兴致索然的时候，性交就无法进行。通俗地讲，女人再要求但对方不举或不想做的时候，性交是无法进行的，而男人想做则不管女人如何拒绝依然可以进行，一个极端的例子便是男人可以以强奸的形式完成这一行为。

从中我们可以意识到，性行为的根本性质就是男人主导型的。在现代男女之间，找不出任何一种其他行为具有如此巨大的性别差异。

之所以男人在性行为中占据着优越的地位，是有其道理的。

它源于男女两性不同的生理条件，是为了让拥有瞬间的爆发力但缺乏持久力的男人身体与缺乏爆发力但却具有持久力的女人身体相互适称的结果。有关这一点，在本书总论部分已有涉及，这里就不再赘述。

总而言之，性交这一行为本身完全处于男人的主导之下，男人可以适情任欲地开始和结束。而从女人的角度来看，无非是被随心所欲地开始，被随心所欲地结束，前奏、经过、结束都看不到可以称为自主性的东西在内，在整个行为过程中，几乎不存在女人的意志。这种自我消失，或称自我牺牲，便是女人在性交行为中的最大特征，也是较之男人的根本差异。

从这一根本特征出发，女人在性行为中的幸福或不幸，首先是要求女人牺牲掉自我，这也向女人提出了一个暗示：它是获得快感的先决条件。

现代女人有多少能够甘心忍受如此苛严的条件呢？

或许这也算不上苛严。对于一个尊敬、爱着并信任丈夫的妻子来说，做起来毫不费劲儿，甚至巴不得加入这个条件哩。即使没有爱到极致的夫妇，妻子对丈夫多少有些好感的话，对于必要的牺牲也不会有什么抵触的。

不过对一部分女人来说，这确实是个苛严的条件。当面对不喜欢的男人或曾经喜欢过但是现在感情已经褪色的男人，要牺牲自我，去迎合对方的随心所欲，实在够为难的。就如前一章分类介绍性感缺失的原因时，精神原因中的 K 项蔑视丈夫，以及 F 项第ⅲ条所提到的同丈夫以外的男人怀有感情甚至有不正当关系的，应该就属于这种无法牺牲自我而导致的性感缺失。

但是不论怎样，性的根本属性就是要求女人自我消失、作出自我牺牲，否则很难获得真正的完全的快感。

这样一来，对于神经质的女人、自我不确定的女人以及对任何事物都绝对化的女人极为不利，因为能够令她们觉得“即使把自我牺牲掉也可以”的男人实在很稀缺，即使有，对方也不一定喜欢她们。适称的范围非常狭窄，烦恼就多出来了。

相反那些容易舍弃自我、牺牲自我的女人可谓上苍赐福。自然，这类女人也有自己的理想，只不过她们并不像神经质的女人那样执着于完全不着边际的理想，她们能够根据状况对自己的理想作出调整，也可以将身边的男人改造成理想中的男人，然后牺牲自我，为其献身。哪怕周围人不解地嘲笑什么“理想大甩卖”啦、“那样的男人，居然……”但她们却出乎别人意料，享受着充实的快乐。

这类女人并非真的相信现实生活中会存在梦幻般的白马王子，只是她们的性格使得她们能够从身边的男人身上发现王子一样闪亮的东西。由此看来，她们相较于神经质的女人，从某个角度说更加富于想象力。像有句格言说的：“爱是一种错觉”，她们似乎就是在努力实践着这一格言，轻易地产生错觉，然后为之牺牲自我，然后受伤，然后再发现身边的男人，再一次牺牲自我。

容易受伤的女人和不会受伤的女人，从女人这个角度来讲，究竟谁更幸福？假如不深入到性的内面去窥探，就无法简单地下结论。

女人的反抗

前面论述了自我消失、自我牺牲是女人获得快感的第一步，这是性行为的基本要求。

但即使是相对比较容易牺牲自我的女人，也并不满足于一味作为被动的、接受的一方。女人是极为感性的、肉欲的，为了快乐可以不惜牺牲自我，但同时她们又是极为注重精神性的，她们会以精神的追求来为肉欲的享受进行升华。

这种精神性的倾向虽然无法与身体的肉欲倾向相提并论，但在女人身上确实还残存着精神性的追求。

其表现之一，就是经常可以看到的女人孕期的孕吐。

女人牺牲自我而获得快乐到生育也就是向母性爱转换，这是女人的性的发育过程，孕吐则是这个过程中唯一的逆行表现。

为什么女人在孕期一段时间会有如此强烈的反应？现代医学对此迄今还无法解释清楚。大多数人认为这是怀孕初期不可避免的现象而漠然承受，不去思考深究。

其实孕吐并不是胃系统或肠系统的疾患，而是源起于自律神经失调，是主要由精神因素引起的症状，至少没有人敢断言这纯属一种生理性的症状。

因此，在女人身上存在着欣然接受肉体性的快感和母性爱，以及以孕吐的形式对此进行反抗的两张面孔，肉体方面要强于精神方面，这已是既知的事实，但精神的面孔依然存在。令人感兴趣的是，孕吐现象只有在高等动物身上才发生，似乎也正在向我们暗示这一点吧。

女人在进行性行为之前，特别注重对方爱的倾诉以及周围环境的氛围，男人好不容易引领到幸福之门前，却因为周围氛围破坏了临门一脚，这种事例不胜枚举。另外，女人会不厌其烦地向男人求证："你是真的喜欢我、爱我吗？"要求男人起誓其索求的不仅仅是女人的肉体，而且连带女人的精神。

可以说，这是女人的一块免罪符。

"他是从心底里爱着我的，所以我才会给了他。"——假如没有这样的自我开脱，女人就不肯进行性行为。但这并不意味着女人是纯精神性的，或许应该说正因为她们是肉体性的存在，所以才需要一块免罪符吧，肉体性的存在加上精神性的保证，这样才得以平衡。

有时候，这种精神性的辅助手段能发挥出比肉体手段更加重要的作用。因为只要得到这样一块免罪符，其后便可以自由自在随心所欲地享受快乐了。男人们万万不可舍不得抛出这块免罪符，而只焦灼不安地急于享受其余部分，要想同一个不会性感缺失的女人共赴幸福之乡，一定要做好充分的思想准备，祭出这块免罪符，然后才能进入下一步。

性感缺失的实态

绕了一个大圈子，现在再回到最初的问题即“什么是性感缺失症”上来。

如同先前一样，这里我们不仅仅停留在文字的定义上，还将再向前进一步，看一看性感缺失症的现实状况。

所谓性感缺失症的女人，可以定义为具有神经质和幼儿气质，同时又拒绝牺牲自我的女人。换句话说，性感缺失症的女人是那些在性行为中也不愿意丧失自主性的女人。

就性本身而言这其实是一种对于理性至上权的追求；换一个角度，也可以认为是女人对男人支配权的追求；而从女性进化的观点看，则可以看作是女性的一种非女性化倾向。

女性的非女性化究竟意味着女性的进化抑或是退化，这是另一个问题。不管怎样，女人陷入这样的状态中，这不仅是女人们的问题，也是整个社会必须直面的问题。例如神经质的性格就是信息化时代的产物，而不愿意牺牲自我的女人辈出，也是现代教育的结果，是现代的教育制度造就了大批过于理性的女人。还有，作为身体力行解决性感缺失症的当事人的青年男女们，与前人相比性格开放了许多，但对于性却只熟知裸体和男女性知识，而实际做起来却是懵懵懂懂，心急气慌、手忙脚乱地短兵相接，这不能不说也是性感缺失症女人增多的原因之一。

概括起来，信息过剩、女性教育的进步、青年的返婴化以及对于性行为的轻视，是致使患有性感缺失症的女人增多的根本原因，而这种状况在今后一段时间内或许还将进一步恶化。

本章小结

一、性感缺失的女人，最多见于幼儿性神经质的女人，即那种被称为“大孩子”的女人。

二、女人的快感首先来自自我消失、自我牺牲，而性感缺失的女人则是这样一群不幸的女人，她们或者做不到牺牲自我，或者尚未邂逅值得她为之牺牲自我的男人。

三、所谓性感缺失，既可以看作是女人坚持自我主张、非女性化的一种倾向，也可以理解为女人追求男人支配权的一种形式。

四、彻底根除女人的性感缺失症今后仍然是一大难题，随着文明的进步，这种现象甚至还有增多的趋势。

·第九章·

说谎的女人

今后男人遇到女人说谎的时候，请想象一下她的卵巢或子宫，“啊，这个女人眼下正处于荷尔蒙变动的时期”，然后尽力克制自己吧。

绪言

有句俗语说："女人的'不是'就是'是'"。反过来，这句话也包含了"是"即"不是"的意思。总之，女人与说谎的关系就像是汽车与轮胎一样密不可分。

当然，男人也会说谎，但是男人的说谎与女人的说谎有着根本区别，对女人多少有所了解的男人对此一定深有感受。但虽有感受，却仍然会受骗上当，等到受骗之后，男人才会深切地体会到：这与被男人欺骗是完全不同的感觉，同样是受骗，一种是脸上被扇一记，而后一种只不过像胳膊上被打了一下。

这种差异由何而来？女人说谎的特征是什么？男人对此又该如何应对？只有清楚地了解对手说谎的真相，其对策自然而然也就出来了。

幼儿期的说谎

幼儿期的说谎，大致可以分为以下三种情形：

一、幻想型说谎；

二、为了求得社会的认可而说谎；

三、出于自卫需要而说谎。

第一类幻想型说谎是对电视节目或动漫画中看到的情景产生错觉，将之与现实生活混同起来的说谎，例如：“我是从龙宫来的”“我能骑着扫帚在天上飞翔”。作为说谎，这其实是最低级的说谎，一般多发生于三四岁的幼儿身上，虽然幼稚，但是其中不乏天真的梦想。

第二类为了求得社会的认可而说谎，是指当急于让对方认可自己或自己的家人时情不自禁说出的大话、谎话，像“我可以游一百米呢”“我爸爸在单位里是最了不起的人”之类，说谎的程度比前者稍高，在 5 岁左右的幼儿至小学低年级的儿童中经常发生。

第三类出于自卫的需要而说谎，是指当自己搞砸了某件事情或者陷入不利的境况时，为了推卸责任或从不利的境况中解脱出来而刻意编造的谎言，这类说谎的年龄范围极广，从 6 岁以上直至成年人，因为年龄越大遭遇这种状况的机会就越多。这类说谎与前两者不同，它需要一定的理性，不具备一定程度的知识是不可能说这类谎的，同时不具备迷惑对方的十足自信也不会轻易说这类谎。

幼儿在说以上三类谎的时候，有没有因男女性别不同而产生差异呢？关于这一点迄今还没有准确的数据。并不是对这方面的研究比较滞后，而是每个个体的生活环境，尤其是母亲及家庭、个人的性格等变数相当复杂，不可能一概而论的缘故。目前已经明确的是，幼儿在说谎模式上不受男女性别的影响，两者没有大的差别，更多的是受到幼儿生活环境的影响。这是从事幼儿教育工作的人士的一致看法。

这种倾向在学龄期儿童初期即小学低年级学生中也大致相同。

到了小学高年级即五六年级，情况又如何？向十数名小学教师做的直接调查的结果，所有人异口同声地表示：男女生在说谎模式上有明显的差别。

这个年龄的儿童，第一类的幻想型说谎几乎完全绝迹了，同样，第二类为了求得社会的认可而说谎的现象也大为减少，偶尔有也多为女生。最大的差别在于第三类说谎上，出于某种滋味的需要而不得已说谎者中男生占了压倒性多数，而女生则几乎没有。

这样来看，单从数字上说总体上是男生说谎的多于女生，其中第一类、第二类随着年龄增长，到了小学高年级两者都大为减少，而第三类说谎男生大大多于女生。

但是这只不过是表面上的数字，据此来评判善恶还为时早矣。

男生之所以较多说第三类谎，是因为能够比较从容地斟酌情势。男生比女生调皮，爱打闹、容易闯祸，因此会更多地陷入不利的境况而需要用说谎得解脱。从反面说也可以这样理解，即男生之所以好动、爱打闹，是因为他们活泼机灵，当被老师或大人训斥时，可以凭小聪明解脱自己。

说单凭表面数字来评判善恶是危险的，还因为另一个理由，即这里所说的说谎，都是指用语言说出来的、表现出来的谎言，这类说谎不妨称之为“积极型说谎”。

冷不丁冒出个“积极型说谎”，读者一定觉得难以理解，让我们来看看与之相对的“消极型说谎”是怎么回事，就比较容易理解了。

姑且将这种消极型说谎列为第四类说谎，用另外的话来表示，就是“默谎”。举例来说明——假设将某个同学从楼梯上推下去使其受伤了，回到家里，对父母却说：“我今天在走廊上和 A 君碰撞了一下，结果 A 君膝盖蹭破了”，明明是自己干的，听上去却好像 A 君也很不小心似的，这种便是积极型说谎；而回到家里对这件事只字不提，这种便属于消极型说谎。

据活跃在学校教育第一线的教师们介绍，出于自卫积极型说谎男生占绝大多数，相反，后者的消极型说谎则以女生居多。

由此可以得出一个结论：同样是说谎，好说编造之谎的男生更加正直、阳谋，而善说默谎的女生更加狡猾、阴谋。

不管怎么说，进入小学高年级后，出于自卫目的而更多地说谎，且编造得非常巧妙的通常是男生，而女生较少说这样的谎话，这说明女生在这个年龄已经奠定了狭义上的正义感和常识感的基础。

女生说谎的开始

以上简单论述了从幼儿期至学龄期的男女两性说谎的演变过程，从而得出一个结论：从幼儿期至小学低年级，两者的说谎没有什么大的差别，而进入小学高年级之后，陡然分化出男生式的说谎和女生式的说谎两种模式。

小学高年级，正是儿童身体上开始出现重要变化的时期。

众所周知，这个年龄的女生已出现了初潮，乳房也开始发育，身上渐渐堆积起女性特有的圆润的皮下脂肪；男生则开始出现阴茎勃起，变声，骨骼发育明显等特征。这些便是第二性征。

而与这些第二性征的出现几乎同时期，男女的说谎模式也开始有了显著的差别，这一事实极具象征意义。尤其值得关注的是女性特有的第四类说谎与第二性征同时出现（当然并不表示男性没有这类说谎，这只是从相对角度上来说的），这似乎在暗示女性的说谎与其生理有着密不可分的关系。

之前的女生属于分散的个体，而通过初潮这一生理现象，她们产生了一种共通的说谎需要，换句话说，女性从月经开始就被归入了一个共同的组群，而一旦进入这个组群，再想从中脱离出来就难上加难了，因为此后月经这一发生于身体上的“事件”每个月都会雷打不动地前来造访，每当这时候，女性需一面自己处置这一事件，一面装出若无其事的样子，也就是月复一月地说谎。

这种说谎与女性的贞淑以及性格等毫无关系是其特征之一。只要身为女性，这一类的说谎可以说是必不可缺的，而且是必要的。

说得夸张些，自初潮这一身体上的变革发生之时起，所有女性就结成了一个命运共同体，作为这个命运共同体的一员，就背负着一个共通的义务，每月至少必须说一次谎。

令人倍觉压力的是，月经本是肉体上一种极为正常的生理现象，但却必须对他人隐匿，独自处置，既存在，又必须装作什么也没有发生，这种扭曲无法不给女性精神带来心理阴影。

于是，女性特有的心理否定式的说谎模式便诞生了，不消说，它与女性的生理有着深刻的关联。

与此相反，男性的说谎模式即使经历第二性征的出现，也几乎不受任何影响。

如前所述，第二性征给男生也带来若干生理的变化，如阴茎勃起、变声、出现阴毛等，但对于男生来说，这些只不过是身体上的变化，并不意味着其他。男生不会像女生那样，每月一次从身体深处冒出一个声音敲击着神经：“你是个女人啊！”这种令人精神阴郁的“事件”不会发生在男生身上。即使阴茎勃起、手淫自慰，男生们只是一时感觉有点难为情，过后却互相公开，甚至拿来当作一种夸耀。

他们的行为只是单纯肉体上的行为，而不会产生隐匿、羞耻之类的精神负担。因此，男生的说谎模式没有因为生理上的变化而变化，一如先前。

尽管如此，不能说与先前毫无二致，他们出于自卫目的的说谎比先前更加复杂，更加精巧了，随着智力的发育也更加高级，更加缜密了。不过，为了某个目的而编造一个与身体毫无关系的谎言，这一点还是一模一样，即男性的说谎模式没有改变。

成年人的说谎

就成年人而言，男人和女人谁说谎更多呢？

要回答这个问题，有必要将每个人的性格以及所处的环境等变数除去，谎言的大小（这个词语不尽准确，姑且将其理解为影响力大的谎言和影响力小的谎言）也除去。单就说谎的频度而言，女人绝对说谎更多。

这不是因为笔者自己是男人，所以才这样说的。

正如“女人的‘不是’就是‘是’”这句语带嘲讽的俗语所说，

女人爱说谎似乎是全世界共通的。

但是做一下调查却会发现，每 100 个男人就有 100 个男人回答“女人爱说谎”，而每 100 个女人却有 100 个女人会回答说“男人都是骗子”。

究竟哪个才是真话？真叫人弄不明白了。两者不可能半斤八两，要么是哪一方说谎更多一些，要么就是男女对于说谎的定义不同。

当要求受访者撇除男女对立情绪再次诚实地回答时，受访者依然男女 100 个就有 100 个非常认真地作出了同样的回答。这样看来，唯有认为男女对于说谎有着不同的定义才比较妥当。

毫无疑问，成年人的说谎较之学龄期儿童的说谎更加有过之而无不及，性质也有所改变。

男人特征性的说谎即出于自卫目的的说谎，成年男人更多了一层具有加害目的也即攻击性的说谎，这是自卫性说谎中的利己主义进一步膨胀的结果，同时也更具知识性和逻辑性。票据欺诈、恶意破产、匿名诽谤等都属于这类说谎。这类说谎如果缺少精明的头脑和超常的勇气是绝不敢为之的，另外这类说谎者以男人占压倒性多数。

三岛由纪夫曾经在《不道德讲座》中说过：“所谓说谎，它不仅是智慧的证据，也是一种美德。”当然，这里似乎有必要应该加上一个限定词：“男人的说谎”，女人的说谎就未必如此了。

女人的说谎·病例之一

女人的说谎可谓多彩多样。随着第二性征的出现而出现的消极性说谎，隐蔽、内敛，同生理的契合程度越来越密切。

这里举两个例子来加以具体说明。

第一个取自文学作品，相信有的读者可能已经读到过，作为报纸连载小说曾经获得极高评价的井上靖先生的《冰壁》：

美那子住在田园调布的高级住宅小区，是位年轻貌美的少妇。与担任公司会长的丈夫年龄相差悬殊。两人之间没有孩子，生活倒也自由自在。

美那子对青年登山家鱼津芳心暗许，同样爱好登山的鱼津的好友小坂乙彦知道她的心事。一次，不知怎么的，美那子同小坂共度了一宵。与其说是小坂诱迫，倒不如说是美那子主动挑逗、引诱他的。

小坂早就喜欢上了美那子，有了这次的一夜情，就更加顶真起来，一门心思追起美那子了。可是美那子却觉得自己身上好像污秽不堪，打那之后便不想与小坂再见面了。

美那子的冷淡没能轻易地让小坂作罢。这天，他来到美那子家，想弄清楚美那子到底怎么回事。

“那天晚上，是你亲口对我说你爱我的。”小坂诘问道。

没想到，美那子却说出这样一番话：

“我本来不想说出来的。那天晚上，我想，我对你是有爱情的，不过，别的时候……”

“你是想说，没有爱情？”

“是的。”

经过这样一个来回之后，小坂说道：“你说你爱我，所以我相信了你。想不到，那天晚上你的爱情只代表当时……不过，我对你现在说的话也不敢相信了，心中曾经那样炽烈的爱情，怎么可能说消逝就一下子消逝得干干净净呢？”

不论小坂说什么美那子都不想辩解。事实的确是那样。那天夜里，她心灵和身体都对小坂非常渴求，那确实称得上是爱情。但是，这爱情已经随着薄薄的晨霭罩上从黑夜中苏醒过来的街道而逝去了。

以上只是长篇小说中的短短一节，初次读到的读者或许如坠雾里般，不明所以，但是这一节却将男女对于说谎的不同态度刻画得栩栩如生。

小坂觉得美那子因为爱自己才对自己以身相许，而现在时过境迁美那子却说不爱自己了，这无异于背叛，是欺骗，所以忍不住诘问她。他所说的完全合乎逻辑，美那子理所当然是非难的对象。

可是换一下立场，站在美那子这边来看，她所说的似乎也合乎逻辑。美那子那晚确实爱着小坂，所以才以情诱他，因此她并没有说谎，没有欺骗小坂，而后来又不爱小坂了，她也没有说谎，没有欺骗小坂。

最终，根据美那子的逻辑，前后都是真实的，都没有说谎。但是小坂无法接受。

两个人之间究竟什么地方存在歧义呢？

首先一点，读者或许已经注意到了，即作为男人的小坂是将对方说的话放在一个连续的时间段中来看待，而作为女人的美那子是把自己说的话依照各个不同的时间段分割开来理解的。

其次更重要的是，美那子其实表达了这样一个意思：作为女人，前次是自己的身体对男人有所企求，但后来她对男人并没有任何企求。

就像格言“君子一言，驷马难追”所说的，男人对自己所说的话赋予现实的含义，一旦说出口即对它负有责任，假如不能够信守，就是说谎。在男人看来，所谓说谎就是对说出的话的随意变更，而不论这句话是不是忠实于自己，有利于自己，评判说谎与否的标准在于对方，在于是否朝三暮四，前后不一。因而男人心目中的说谎是个精神性的、外向性的概念。

与此相反，在女人看来说谎与否完全依据是否忠实于自己来评判，标准在于自己以及自己的生理。

比如美那子，那一夜她确实不折不扣地需要小坂，所以她确实是爱他的。当然，这不仅仅是通过语言表达出来的，而是身体的实际感受，因而不能说她说谎欺骗了小坂。这是一种内向的、自我中心的诚实。

所以当小坂诘问她时，她只是轻描淡写地说了句："对不起"。因为她心里坚信：我是忠实于我自己的，我没有对自己说谎。

语言虽是通过嘴说出来的，但指挥嘴的却是身体。对女人来说，嘴是身体的代言者。因而当身体状况有所改变时，她们很轻易地就能改口或推翻曾说过的话，而只要不背叛自己的身体，她们就不会认为是在说谎。

可是男人却以为女人也和自己一样，嘴是大脑的代言者，根本想不到嘴会因为身体状况的变化而变化，他们没有这种体验，所以无法理解。由此男女间便相互产生错觉，发生了误会。

女人的说谎·病例之二

第二个例子是因损毁事件而被移送 S 警署的案子。

Y 女子与 A 男子是同居关系。这个男人没有固定的工作，又好吃懒做，时不时地还对 Y 大打出手，不过在性方面，他却能令 Y 非常满足。

然而 Y 在某酒吧的时候，与前来喝酒的客人 B 男子感情暧昧，且有了不正当的肉体关系。B 有钱，脾气又和善，对 Y 从来不粗暴。Y 被 B 的性格以及生活安定所吸引，从 A 处逃走，同 B 住到了一起。两人的生活过得也算无忧无虑，但是 Y 从 B 身上却得不到性的满足。最初两个月，她还强忍着，到了第三个月，她实在忍不住了，于是开始偷偷同 A 打电话约会，不久从 A 处逃跑的 Y 又抛开 B，重新回到了 A 身边。但是三个月后，她又忍受不了 A 的粗暴和寒酸的日子，再次离开 A，投入 B 的怀抱。这下 A 不依不饶，冲到 B 的住处，大闹一场，终于将 Y 又带回了家，但因为当时砸坏了 B 家的玻璃门窗和门把手，以器物损毁罪被 S 警署拘留了几天。释放之后，A 同 Y 继续像从前一样生活在一起。虽说日子还算幸福，但谁也说不准 Y 什么时候又会去找 B。

Y 女子的这一连串行为充满了矛盾。在 A 身边时，信誓旦旦地表示爱 A 爱得要死，绝不会离开他。但是经不起 B 的邀约，马上又屁颠屁颠地跑出去和 B 约会，还说只爱 B，从此不想再看见 A 的面孔。然而三个月后，却是自己主动同 A 联络，约他出来见面，又表示自己喜欢的是 A。

在 A 和 B 两个男人之间像只乒乓球似的来回跳来跳去的 Y，无论从 A 的立场看还是从 B 的立场看，她都是在说谎骗人，可是她却不觉得自己在说谎。对此不能够简单地认为她在为自己开脱或是狡诈，因为她的确是没有觉得自己说谎。

从 Y 的角度来看，Y 在每个瞬间都没有说谎。当与 A 在一起的时候，她拿定主意非此处不留，而当跑去 B 身边的时候，她又觉得这里才是自己最好的栖身之所。即 Y 每时每刻都全身心地爱着一个男人，因此她毫不保留地说出来，仅此而已。

由此看来，她确实没有说谎。

这种对于说谎的界定上的歧义，具有女性经验的男人或许多少有所体会，女人忠实于自己的身体更胜过忠实于自己的精神。

不可否定，女人具有这样一种倾向，即一般来说，较之理性她们更加重视全身的感受，这与其生活以及受教育的程度无关。而男人则习惯于用大脑来思考，执着于抽象的道理，好钻牛角尖，对于翻手为云，覆手为雨的变节行为、变心行为是理解不了的。

从这里再回到先前的男人和女人谁说谎更多的问题上，两者的说法之所以大有差谬，殊如霄壤，其理由应更清楚明了：男人对于女人顺应每个时刻的感情状况而说的话，用自己独特的精神尺子来衡量，一概判定为说谎，况且这种说谎不需像男人那样经过大脑、建立在逻辑性基础之上，随手拈来，信口而出，因而从结果来讲必然谎言更多，所以男人觉得女人爱说谎；而女人对于自己所说的话只放在当下的场合来评判，不会觉得对一句话必须负上一辈子的责任，当时当地自己确实是那样想来着，所以不算说谎——这就是女人的逻辑。

按照女人的逻辑，男人所认为的说谎不在她们的说谎范畴之内，只有刻意编造的谎言才算谎言，因而得出结论：男人都是骗子。如果这样来说，则女人完全正确。

说谎的女人

以上，对幼儿期至成人期男女说谎的差别进行了论述。当然，这只不过是一般性的概说。

说谎的女人尤其说谎成癖的女人究竟是什么样的女人？解释清楚这个问题，也是本章的目的所在。

先回到前面所举美那子的例子上。她同小坂发生过一夜情，但是几天之后，爱却莫名其妙地消逝了。当小坂诘问她“爱情怎么可能说消逝就一下子消逝得干干净净呢？”她无言以对。

理由是无法用语言解释清楚的。但是一定有什么理由。美那子茫然地觉得似乎是那晚那薄薄的雾翳的缘故。

这一连串的行为用理性、用语言来诘问是毫无意义的。不过这是小说，作者不想让读者对女主人公此时的心理产生抵触感，理论上不存在的东西读起来却好像真的存在，如此一来，女主人公的形象霎时间便活了起来，这样作品才具有现实意义。

只能叹服，作者的眼睛深刻地窥透了女人。

女人说话时常都是情绪性的，身体较之精神更加深深地参与说话，从身体的立场出发说话、行动。这一点必须清醒地认识到。

小说的话题就此打住。但通过以上所述，读者想必已经对以下两点有所理解：

一、女人说的话以及行为与感情和身体密切相关；

二、男人所认为的说谎的女人，是指说的话不断变来变去的女人。

将这两条定理串起来，关于说谎的女人的定义就会进一步明晰，其全貌也逐渐显现出来："所谓说谎成癖的女人，是感情以及身体状态不断变化波动、生理上处于不安定状态的女人。"

"生理上处于不安定状态的女人"又是指什么样的女人呢？

既然是指成年人，当然不会是说手脚有长短之类的。成年女人生理上的不安定指的是荷尔蒙分泌失调。

荷尔蒙是生物体内的内分泌腺分泌出来的物质的统称，它们分泌至血液中，发挥着各种各样特定的功能。对女性来说，其中最重要的当数性激素，性激素分泌过多或过少，都会引起女性身体的种种变化，乳房发育、月经发生、阴唇颜色变深等，都是性激素的作用所致，除此以外，性激素还可引起子宫黏膜变得肥厚、排卵等肉眼看不见的变化。

掌管性激素分泌的最高统帅部位于脑下垂体前叶，从这里，通过卵胞刺激激素、黄体生成激素的中介，控制着卵巢激素、卵胞激素、黄体激素等的分泌。由于性激素分泌的变化，女人的身体可以说没有一日是处于相同的状态，而是处于不断流动的状态，毫无定形。

女人的言行时刻不停地发生摇摆和变化，实际上是这个缘故。

身体上的变化越剧烈，女人的言行变化也越激烈。

月经时莫名其妙地盗窃，胡天海地地说谎；月经前后性欲旺盛，轻而易举地以身许人；妊娠期以及更年期情绪波动剧烈……这些发生在女人身上的事例我们时有见闻。有人难以理解：那样贞淑的女人怎么会……事实上，这些时期也正是女人体内的性激素变动最显著的时期。

当女人体内的卵胞激素占据优势，子宫黏膜就会增厚、增殖，达到一定程度时就会排卵；接着黄体激素也加入进来，子宫黏膜进入分泌期；然后，根据脑下垂体的指令，黄体激素分泌减少，于是月经便发生。

如此剧烈的变动，再怎么冷静的女人每月也必须承受一次。

女人身上的性激素变动较之男人要剧烈得多，两者简直无法相提并论。就好比 50 层高楼的电梯，从最顶层到最底层，一时间上上下下，不停地在身体内进行着。而且乘于电梯上这一事实本身还羞于对人说起，因为从幼儿期就受到这样的熏陶。

当升至最顶层的时候，“太棒了！太爽了！”而落至最底层的时候，“心情糟透了！”自然所说的话首尾不一，前后不连贯，但是你实在无法去责怪她。

有的人乘坐的可能是20层高楼的电梯，有的人乘坐的可能是80层高楼的电梯，这其中除了女人各自的个体特质以外，还有年龄、环境等的影响，因此每个人的安定程度也不相同。

一般来说，最安定的自然是性激素几乎停止分泌的幼儿期的幼女或者是闭经后的老年妇女；其次安定的应数体质良好、性爱充分、不满较少的已婚妇女；青春期的年轻女性、独身的大龄女性属于不安定组群；而对生活有种种不满、体质较差、缺乏性生活的女人则是最不安定的。

说谎较多、同时自己一点儿也没有罪恶感，结果令男人侧目、生厌的女人，基本上是第三、第四组群的女人。

本章小结

本章就男人和女人的说谎现象进行了若干考察，结论如下：

一、在幼儿期，男人和女人在说谎的模式方面未发现有研究价值的性别差异。

二、从小学高年级开始，即女子发生初潮、即将进入青春期这段时期，男人和女人在说谎模式上开始出现差异。

三、成年女人的言行与其情绪有着密切的关联，其变化多是由体内的种种变化，主要是性激素的变动而引起的。这种变化男人称之为说谎，女人则认为至多属于不当的借口。

四、说谎多的女人，换句话说也就是性激素变动剧烈的女人。

五、如果想让爱说谎的女人改变说谎的习惯，最有效的方法就是消除其不安和不满，使其身心都处于充实的状态下。

根据以上结论，今后男人遇到女人说谎的时候，请想象一下她的卵巢或子宫，“啊，这个女人眼下正处于荷尔蒙变动的时期”，然后尽力克制自己吧。

附记：

本章所述仅是一般论意义上的探讨，自然还有不少女人不应归于这个范畴，比如说谎的时候不是用身体而用大脑说谎的女人。

这种女人多是充满智慧、头脑明晰，且具有男人倾向的女人。

·第十章·

更年期的女人

男人们切切不可嚣张。我们不能不承认，造物主的法则是非常精巧而又具有讽刺性的。

绪言

诟詈女人的时候，有一种说法：“她是更年期嘛。”

这里指的是 40 多岁、50 岁上下，略微有些歇斯底里、啰啰唆唆的中老年妇女。那么更年期的女人到底是怎样的一种情形呢？其实不能一概而论。

许多人对“更年期”一词只有一知半解的模糊理解，而对于其在医学上、心理学上的事实却几乎毫不知晓。

不言而喻，已婚男人自不必说，单身男人同女人结为夫妇后，有朝一日终归不得不同更年期的女人眼对眼、鼻子对鼻子地在一起生活。此时，男人还能够像之前那样熟视无睹地以一句“那是更年期嘛”了之吗？中国古语说得好：“知己知彼，百战不殆”，必须熟知敌人才可能取得胜利。杀敌是如此，生活也莫不如此，只有熟知更年期的妻子，对其加以适当的引导，才能保证男人后半生的幸福。

即使有的单身男人满不在乎，“那样的事情对我来讲太遥远了”，但是除了家庭，还有职场，还有社会，我们的身边无时不充斥着更年期的女人。不要因为她们是女人而轻视、轻侮，要知道，她们可是女人中最强大、对男人最具有影响力的压力集团哩。

更年期一词的由来

更年期的英语 climacterium 一词来源于希腊语，原意是指梯子上的横档木。

假如将梯子两端竖直的帮儿比作人生的成长过程，那么这里的横档木可以理解为在漫长人生中可以稍许歇息一下的地方。

古希腊时代的星占师们相信，人生每隔七年就会出现一次厄年。稳步踏着间隔相等的横档木朝梯子顶端攀登而上，人生便如此。而相当于横档木的每个第七年，每个人都可能遭遇到生命的危险。

日本民俗中所说的厄年分别是：男人 24、42、60 岁，女人 19、33 岁；而据《拾芥抄》等的说法，则是男女均为 13、25、37、49、61、85、99 岁。这些所谓厄年的思想从何而来？为什么这些年纪就是厄年？笔者知之不详，但男人 42 岁为厄年，却与古希腊如出一辙，这点不由得让人饶有兴趣。

姑且不对两者进行比较，按照古希腊人的观点，42 岁是人生的第 6 个厄年，也是壮年期与老年期的分水岭，身体上的变化特别明显，因此完全可以看作是人生中具有代表性的一级横档木。

从纯真无邪、让人联想到含苞欲放的花蕾的青春期，迎来争奇斗艳、绚烂夺目的花开时节，到阳光朗照的夏天，再到收获的秋季。借用四季来譬喻人生的话，秋季结束便是人的更年期；如果以一天来譬喻，则更年期就像炎炎烈日退落之后，静静来临的黄昏时分。

每个人在登攀人生的梯子时都会在此稍作歇息，身体和心理都做好一番准备，然后勇敢地面对老年期的到来。

更年期的身体特征

女人的更年期，首先从卵巢机能低下开始。

值得注意的是，更年期子宫发生退化的证据迄今还没有被发现。不少女人（也有许多男人）错误地觉得，子宫对于女人来说是最重要的、特征性的器官，失去它，女人就算不上是女人了。

这当然是荒谬的。

女人之所以呈现出女人特有的魅力，其最大的原动力在于卵巢，假如失去卵巢，女人就会魅力不再。而子宫只不过是妊娠时胎儿着床、成长的一个场所而已，它与荷尔蒙分泌、控制身体的变化等高等机能没有任何关系。从组织学的角度来讲，子宫具有较强的再生能力，但却属于进化较差的器官，换句话说，是较为低级的器官，同卵巢比较相差甚远。

如果没有子宫，胎儿失去了成长的场所，当然无法受孕，但是子宫的功能基本上也仅止于此，有与没有同女人的魅力以及性感等毫不相干。

有的人以为手术摘除子宫后不能性交了。其实性交是通过阴道完成的，而不是通过子宫来完成的，这点应该是基本常识吧。即使摘除子宫，通常靠近阴道的子宫颈部分仍旧是保留着的，所以不会影响性交。假如丈夫因为妻子子宫被摘除了就同妻子分道扬镳，那么这样的男人是十足的无知。

关于子宫的话题扯远了，还是回到卵巢上来吧。

女人进入更年期后，卵巢的功能首先减弱，接着负责控制身体机能、同时又是内部监督机构的脑下垂体就会大量分泌性腺刺激激素。这就好比，脑下垂体是总部，卵巢是其下属的分公司，由于分公司业绩不理想，所以总部便要向它输送性腺刺激激素，等于是一支激励小分队。

性腺刺激激素自女性十多岁时便开始分泌，20 岁以后分泌量有增无减，到了更年期，其分泌量更是猛增至以前的五六倍。

尽管如此，卵巢的功能（主要是令女人肌肤细嫩水润）却不见好转，分公司在总部的驰援下业绩依旧不见回升，就像一旦大厦的基础倾斜了，很难再恢复一样，再怎么鞭策激励，也不可能再如十几岁、二十来岁那样等量齐观。

相反的，性腺刺激激素中含有卵胞刺激激素和黄体刺激激素，两者分别分泌卵胞激素和黄体激素，这两种激素主要在月经前和月经后发挥重要作用，使其间的排卵正常进行。但是进入更年期后，激励小分队一个劲儿地分泌性腺刺激激素，而所期待的卵胞激素却分泌无力，由于排卵不顺利，黄体激素也呈现出供应不足的局面。

于是，为了纠正这种荷尔蒙失衡的状况，自律神经系统尤其是其中的交感神经变得异常敏感，这种症状就称为更年期障碍，是由荷尔蒙以及自律神经系统的失调而引起的。

更年期的神经学特征

人体内的神经粗略地可以分为：掌管支配动物性机能的动物神经系统和掌管支配植物性机能的植物神经系统。前者的功能主要是使身体各部分按照自己的意志随意运动，后者的主要功能则是促进或抑制肠胃等消化系统、心脏及血管系统、汗腺和唾液腺、各种内分泌腺以及生殖器等日常生活不可缺少的人体器官的机能，对其进行调节，由于后者不受大脑的控制，可以自主运动，故以“自律”二字命名，统称为自律神经系统。

自律神经系统又进一步细分为交感神经和副交感神经两个子系统，两者作用相反，相互制约，共同调节整个神经系统的机能。

例如，交感神经受到刺激时，心跳会加快，肠胃运动被暂时抑制（饥饿感消失，食欲减退），脉搏数增加，血管收缩，手足发冷，大脑贫血等，同时血压上升，瞳孔张大，各种感觉器官变得异常敏锐起来。这种症状与注射肾上腺素时的症状非常相似。而副交感神经则相反，它主要对交感神经加以必要的抑制，以防止各器官运动过度。

更年期的女人情绪极不稳定，刚才还郁郁寡欢的，转眼兴高采烈起来；记忆力减退，同时经常伴有晕眩、心悸、耳鸣、盗汗、脸孔发烫、上火等多种症状，这都是自律神经特别是交感神经处于过敏状态造成的。

因此，出现这些症状并不是女人们任情所为，或是故意难为、困扰对方的结果，这全都是女人荷尔蒙失调——自律神经过敏而引起的生理症状。

从表面上看，女人在更年期这段时期里会出现以上这些症状，但内里却是由于这段时期内女人的卵巢机能低下、性腺刺激激素分泌过量。这段时期也是女人临近闭经的时期，换句话说，是从有月经发生向无月经发生的一段过渡期。

女人的闭经年龄，因人种以及个体的差别而有所不同，日本女性一般为40岁至55岁，平均47岁。闭经前四五年为更年期，因此42岁这级横档木对女人的身体来说确实是厄年。

读过了先前“歇斯底里的女人”一章关于歇斯底里症状的论述，读者想必已经留意到，更年期女人的症状同歇斯底里女人的症状极为相似。歇斯底里的症状非常多样，这里且将其生理性症状罗列如下：

一、汗分泌异常，有时汗如雨注，有时候又发不出汗；

二、唾液分泌异常；

三、排泄功能出现异常，如有时小便无法排出；

四、消化系统明显发生障碍，时常会消化不良、胃痛、便秘、腹泻以及食欲不振等；

五、头痛、心悸、呼吸困难；

六、晕眩、胸口有压迫感、面色潮红或者苍白、全身突发性震颤。

而歇斯底里症的女人同样情绪不稳定，容易激动、兴奋。

更年期的症状与歇斯底里的症状如此相似，也不是没有道理，因为两者都是因为自律神经失调而引起的。

有一点值得注意，歇斯底里症是由于个人的性格等精神因素引发的，而更年期障碍则是生理的、肉体的原因引发的，所以更年期障碍多集中于某个年龄段发生，并且其症状较少有个人差别。

不过这只是同歇斯底里症相比较来说的，由于自律神经失调是一个表现多种多样、极其不稳定的症候群，不言而喻，其症状并不像一般的病症那样明确而固定。

综上所述，40 多岁、50 岁上下的女人出现这种病症，完全是生理性的现象。换句话说，出现这些症状是正常的，不出现这些症状倒属于异常。只要身为女人，到了这样的年纪，都会或多或少地发生更年期障碍，这是女人无法避免的宿命。

因而若想将这些症状完全彻底地去除掉，那是错误的想法，也是不可能的，因为那样就彻底否定了女人正常的生理运行规律。

更年期障碍就像起伏不停的波浪似的，它是生理的基本规律。然而，还是可以通过本人及其周围人的共同努力，将这波浪控制在最小的范围之内。假如起伏剧烈、兴波起浪超出了正常范围，则是由其所处的环境，或是自身的性格所引起的。因此，女人在这段时期其周围的精神及肉体环境极为重要。

作为丈夫，被妻子更年期障碍的余波打湿、误伤都在所难免，但是身为丈夫的，最好还是使出一切手段，尽力将误伤降到最小限度，因为这关系到自身的幸福。

更年期障碍加重的内外要因

只要是女人，不管你身价上亿还是一贫如洗，迟早都会遭遇更年期。从这个意义上说，更年期是最民主的。原本生理上的变化就是不受身份、地位、贫富、容貌等左右，是最最平等的，更年期的烦恼可谓是最典型的例子。

然而，面对更年期，女人们会有各种各样的反应。

有的女人爽快地接受更年期的到来，顺其自然。当然，没有一个人愿意老去，如果可能的话，真希望自己还没有进入更年期，但这种心理上的抵触是极其短暂的，很快就会心安理得地接受宿命的安排。这类人姑且称其为顺从派。

与此相反，有的女人不乏抵触甚至反抗，为之闷闷不乐，烦恼不已。然而抵触归抵触，最终意识到这些都是徒劳的，但即使这样，仍旧不甘心俯首帖耳地轻易接受。于是，她们竭力装嫩，尽量将自己装扮得更加年轻，而不惜描画各种夸张、怪异的妆容。但这也只是一时的抵抗，眼看着绚烂多彩的青春就在抵抗中渐渐失去，一天天在变老，于是不得不接受现实。这第二类人属于一时的抗战派。

还有一类人则是彻底的抗战派。她们坚决不肯承认自己已经进入更年期、老之将至，一面鞭策着驽马，一面坚信自己仍是一匹出色的骏马，错觉不断。助长这种错觉的，则是各种不懈的努力：购买各种最高级的化妆品，尝试各种拉皮、去皱的嫩肤保养，只要对美容有益，能够让自己看起来显得更加年轻，什么都会做。但即使如此，最终还是不得不举手投降。

某一天，那种令人气断声吞、惝恍迷离的寂静突然到来。

闭经！

这一瞬间，所有女人都会意识到自己花一样的岁月一去不复返了，任怎么呼唤也不会再来了。

生理真的是很残酷的。不管多么伟大的期待、多么真挚的祈祷，都被一个冷冰冰的事实击得粉碎——没有丝毫的同情。此时，女人们不仅意识到更年期的到来，更清楚地意识到自己已经开始迈向老年。

每个女人究竟属于以上三种女人中的哪一种，是由各自的性格以及所处环境决定的。

一般来说，容貌端丽、年轻时以美貌而广受周围人们爱戴，自己也以美丽为荣的女人，往往会成为第三类人即彻底的抗战派，因为越是美丽，就越不容易接受人老珠黄这一事实；相反，对自己的容貌毫无自信，或者存有某种心结的女人，则多数都是顺从派，因为舍弃的东西少，就容易舍弃；介于两者之间的自然就是第二类，即一时的抗战派。

如果从社会地位，尤其是其丈夫的社会地位以及贫富差异来划分，则一般社会地位较高、经济状况较富有的女人往往成为抗战派，而社会地位较低、经济状况较贫困的女人多是顺从派。

再从女人自身的知识层次来划分，知识层次越高，越有可能成为抗战派，知识层次低的女人则多数呈现顺从的倾向。

综合起来说，容貌美丽、社会地位较高、家境富裕、知识层次较高的女人，往往对于更年期采取一种否定的、抵抗的态度。

以上只是就绝大多数女人而言的一般外部要因，与此同时，不能忽视女人个人身上存在的内部要因。

其中最为重要的因素是性格。逆来顺受、心安理得地接受命运的女人，自然对于更年期的到来也会采取顺从的态度，认为这是一种无法摆脱的宿命安排。与此相反，性格倔强、自尊心极强、凡事不甘心服输的女人，尤其是具有自恋情结的女人则不会轻易接受，会在心理上进行顽强的抵抗，因为坦承更年期的到来，对于自尊自爱的她们来说，不啻为一种向挫折低头的屈辱。

前面已经论述过，更年期障碍是由于荷尔蒙失调导致自律神经失调而引起的，但同时，自律神经失调的种种症状还可以由心理因素引发，换句说话，精神不安和紧张同样可以引起心悸、晕眩、盗汗、上火、面色潮红等交感神经刺激的症状。因此，更年期所呈现出来的症状，与精神紧张、心理焦灼等引起的症状完全相同，既是生理性的，也是心理性的，两者相互作用、相互重叠，使得症状更为加重。

至此，我们可以就更年期用一句简单的话来做个结论：

更年期症状的呈现，以性格坚强、心理抵抗强的彻底抗战派最为显著和严重，顺从派则呈现得较为和缓、不甚显著。换句话说，越是美貌、知识层次高、自尊心强、家境富裕的上流社会的女人，其更年期障碍的症状呈现就越显著和严重。

男人的更年期

关于女人的更年期论述了不少，而对于男人的更年期却丝毫没有涉及，这似乎有失公允。本章论述的是“更年期的女人”，且本书是一部女性论，不涉及男人似乎也没有什么不妥，但为了便于读者增进理解，还是在此略作介绍。

不少人疑惑不解：男人身上有没有相当于女人更年期的现象？回答是有的。男人当然也有更年期，只不过同女人相比，男人的更年期持续时间较短，症状也比较轻微。

如前所述，更年期障碍不等于自律神经失调症。切不可因为年纪已到 50 岁上下，又出现心悸、晕眩、烦躁不安等现象，就断定是更年期障碍。因为，有时候由于噪声、污染等公害以及职场上的精神压力等，也会引起自律神经失调症。

判定更年期障碍最科学的依据就是卵巢机能衰退，以及由此导致的性腺刺激激素分泌增多这一生理变化。不过事实上，由于这种判定方法相对较烦琐，加之这个年龄段的妇女一般不会因为其他原因而引致自律神经失调症，所以一般的，只要这个年龄段的妇女自律神经失调症状显著，大致便可诊断为更年期障碍，这也是较通行的做法。

至于男人，不只是50岁上下这个年龄段，其他年龄段也经常会出现自律神经失调症状，这主要是因为男人往往参与较多的社会活动，在职场上的压力更大，精神更易紧张，所以单单依据自律神经失调症状来断定更年期与否就行不通了。

判定男人更年期障碍的确诊依据是睾丸的机能变化。男人的睾丸相当于女人的卵巢。

通常，女人的卵巢进入更年期后会缩至30岁时的一半大小，而睾丸在40岁左右其重量达到峰值，到了70岁也仅仅缩小一成左右。支持这一事实的一个反证就是，女人的脑下垂体在更年期时分泌出5至6倍的性腺刺激激素，而男人在更年期的性腺刺激激素分泌只是稍有增加而已。

中年男人们，你们大可放心了，你们宝贵的睾丸在40岁时达到最佳状态，以后即使到了70岁也几乎不会颓废。

睾丸能够分泌一种称为雄性激素的男性荷尔蒙，这种雄性激素控制和促进男人发情、产生精子，还可以令男人长出浓密的胡须，使其说话举止像个男人样。专司分泌如此重要的荷尔蒙物质的睾丸，在40岁左右时最趋完善。

为了与20岁的青年女性突出其女性美形成对比，快要告别中年、步入老年的三船敏郎在电视荧屏上端着酒煽动着："你还在喝吗？"从以上事实来说的话，这则广告倒也并不离谱。

单就卵巢和睾丸的成熟度而言，女人 20 岁、男人 50 岁似乎最旗鼓相当。

在这里很想为中年大叔们鼓一鼓劲儿：不必畏怯年轻人，年轻人的睾丸比起你们的来差远哩。不过，这只是就事论事从男人魅力的角度来说，至于速度、耐久力等肉体上的强健，那又是另一回事了。

因此说，男人的睾丸一般不随年龄的增长而萎缩，性腺刺激激素也增多得有限，这意味着即使更年期来临，其初期症状也不是十分明显。

而女人的更年期则非常明显，青春期与更年期的落差极其巨大，宛若春夏之际令人眼花缭乱的绚丽花朵，一进入更年期，转瞬便迎来了凋谢零落的季节，尤其是以往容颜出众的女人，其衰败更加惹人注目。而仿佛由春至夏、由夏至秋时节一点点游移般缓慢变化的男人，对于女人这种判若云泥的变化实在是无法理解的。

然而，女人完全没必要为如花似玉的时节逝去而嗟叹，花季之后丰收的秋天就会到来。美丽的花朵只是为了迎接其后来临的收获季节的前奏，因而充满欢欣地去迎接这个收获的季节吧！

怎样度过更年期

更年期是残酷的。然而，它只是果实累累的秋天向冬季过渡的一个时期，丰收的喜悦会冲淡更年期的残酷。

对于人类，果实累累意味着什么？女人进入更年期的 50 岁上下这个年纪，作为果实的子女也已经 20 来岁，男孩正在大学刻苦读书，女孩则进入了结婚适龄期。如果生育较早的话，孩子们已经各自独立，不需要父母再手把手地操心了。

当凝睇着这些健康的果实时，就会意识到自己已进入更年期。

具有讽刺的是，人们都祈盼着子女早日长大、早日成材，其实却是在祈祷自己早一点迈入老年。

希望子女早日长大，但是却不希望自己早日老去。这种二律背反的期望使得每一个人烦恼不已。

可是衰老是无法逃脱的事。既然如此，那就让自己衰老得有意义些吧。假如任何事情都需要一个理由的话，完全可以为自己找这样一个理由："我的期望就是将孩子培养成材。"有了这样的理由，女人就能够坦然地接受更年期了——孩子都这么大了，这么有出息了，我可不就是该老了嘛。

总而言之，女人应尽力分散更年期的悲观情绪。对女人来说，以积极的态度度过更年期，就只有采取这种积极的暗示法。

然而没有子女，即没有果实的女人应该怎样做呢？在这些女人身上，更年期显得更为残酷，本来有了丰硕的果实变得比较容易接受了，可是一旦颗粒无收，女人要想坦然接受就会困难得多。

因此，没有子女的女人的更年期凄冷、空虚，她们的心理抵抗也会更加强烈，更年期障碍也更为严重。

孩子是女人战胜更年期的最佳武器，女人之所以时常希望有一两个孩子，可以认为是出于对未来的一种防御性准备。可是更年期障碍并非有了孩子就一定能够轻松度过的，如果真是这样，那么拥有子女的女人从此以后就可以逃脱厄运了？但现实不是这样的，有无子女，只不过是一种心理暗示，能够稍许给予一些安心感而已。

更年期女人共通的不安是："自己已进入更年期，从此就不再是女人了，会不会被所有的人抛弃？"这里显然有自己对于自己的不安，另外还有对于周围人的态度的不安。

其实这并不值得畏怯。

随着进入更年期，女人的月经变得不正常，受孕的可能性也微乎其微，情绪不稳，易激动、发怒，但这些并不能够否定更年期的妇女仍是女人。虽然月经不调和受孕机会减少，但女人依旧是女人，这是不会改变的。从性欲方面来说，一点也没有减退，相反由于交感神经变得极其敏感，人处于不安状态，欲望只会更加增强。

卵巢萎缩、性腺刺激激素分泌激增，从未有人将这看作是女人不称为女人的依据。“初潮是女人的开始，闭经是女人的结束”，或许不少人是这样认为的，但这是极易引起误解的说法，正确的说法应该是这样：“初潮意味着女人的身体可以受孕，而闭经则意味着女人受孕的可能性消失。”将“受孕”两字随意改为“女人”是毫无道理的。即使仍有月经但无法受孕的女人不在少数。因此，不要因为闭经便惊慌失措，只不过不能生育而已，并不会改变“是女人”这一事实。

在现实生活中，以此作为一个女人失去女人资格的观念还很难彻底消除。正是自己以及他人的“不再是女人了”的目光，给更年期的女人套上了双重诅咒，使其痛苦不堪。加重更年期症状的最大原因，便在于这种心理上的焦灼感，只要去除了它，女人们就能够安下心来，情绪才有所稳定。

论述至此，更年期症状的消解方法已经不言自明了：

男人们（丈夫们）不要忘记妻子仍旧是充满性感、充满魅力的女人，要想方设法使她们身心得到满足。这样，女人们（妻子们）就会安心地想：“即使我现在这个样子了，他也没有抛弃我”，从而激励起她们新的献身精神，这对于中老年夫妇来说将是一个崭新的刺激。

从卵巢和睾丸这两个分泌荷尔蒙的器官来说，睾丸的寿命更长；然而从阴茎和阴道这两个生殖器官来说，女人的寿命更加强健悠长。

因而，男人们切切不可嚣张。我们不能不承认，造物主的法则是非常精巧而又具有讽刺性的。

本章小结

一、所谓女人的更年期，是指在身体内部，卵巢机能明显减退，而为了弥补这种减退脑下垂体分泌出大量的性腺刺激激素这样一种状态；在身体外部，由于荷尔蒙水平失调而导致的自律神经失调症状。

二、根据更年期女人对于老之将近的应对态度，可以分为顺从派、一时的抗战派和彻底抗战派三类，其中彻底抗战派大多是容貌端丽、自尊心强、家境富庶的上流社会女人，她们由于心理抗拒较强，其更年期症状也呈现得更加显著和严重。

三、要缓和更年期症状，可以对其进行暗示：自己的衰老是因为辛勤养育子女的结果。同时妻子和丈夫都不要忘记一个事实：即使进入更年期，女人永远还是女人。

四、男人也有更年期，但是从其睾丸的重量变化可以得知，男人的更年期发展缓慢而且症状不十分明显。

后记

很早以前，我就想写作一部女性论，它既不是单纯从经验出发或者从情感出发来论述，也不是纯粹的医学专论，而是具有一定理论作支柱的通俗读物。

然而，对于充满情感起伏、多彩多姿的女性，以一个理论来包罗万象并导出结论，实在不是件容易的事情，本书是否达成了这个目的还值得怀疑。或许，试图将千变万化、幻化不定的女性理论化、体系化本身就是个无法完成的任务。

今后，我即使还会再写作女性论但也绝对不会去写什么男性论。

这既因为我是个男人，对于女性自然怀有多角度的关心，更重要的是，也没有任何东西比女性的心理更加复杂同时更加华丽。以这个视点来看，男性简直单纯浅显得不值得一论。

不管怎样，对于令我情不自禁写下这部女性论的女性们，我始终感到她们不可思议和魅力无穷。

渡边淳一

拥有心爱女性的男性应该读这本书

武田友寿（文艺评论家）

很早以前，我就想写作一部女性论，它既不是单纯从经验出发或者从情感出发来论述，也不是纯粹的医学专论，而是具有一定理论作支柱的通俗读物。然而，对于充满情感起伏、多彩多姿的女性，以一个理论来包罗万象并导出结论，实在不是件容易的事情。

这是附于《女人这东西》初版本（1972年，讲谈社）后的作者后记中的一段话。作者接下去还写道：

今后，我即使还会再写作女性论但也绝对不会去写什么男性论。

这既因为我是个男人，对于女性自然怀有多角度的关心，更重要的是，也没有任何东西比女性的心理更加复杂同时更加华丽。以这个视点来看，男性简直单纯浅显得不值得一论。

不管怎样，对于令我情不自禁写下这部女性论的女性们，我始终感到她们不可思议和魅力无穷。

作者在这里阐述了写作这本题为《女人这东西》的长篇随

笔的执笔意图，读了这短短一页的后记，顿时觉得无须其他人再来做什么空洞无物、长篇大论似的解说了。然而，作者的意图毕竟只是意图，作为读者拥有不同于作者意图的阅读权利。我的解说就是在这个意义上作为一名读者而行使我的阅读权利而已。

渡边淳一先生是出生于北海道的一名医生作家，从札幌医科大学毕业后获得了外科医生的执业资格，在同校校友发起的同人杂志《KURIMA》上发表过若干小说，其中发表于该杂志的《入殓化妆》获得新潮新人奖（1965年），发表于《文艺春秋》增刊的《光与影》获得第63届（1969年上半年度）直木奖，从而一举奠定了其在文坛上的地位。其后《葬花》《心脏移植》《双心人》等佳作接连问世，显示了其旺盛的创作力，同时也开创了一个独具色彩的世界，作为日本文坛的中坚作家以至今日。

这段时期，我也在北海道，从事文艺评论工作。我比渡边先生晚两三年来到东京，在北海道时我与渡边先生既未谋过面，更没有直接对话过，到东京之后却有几次机会出席文坛聚会，得以直接同渡边先生交流切磋。同乡之间自有一种亲切感，于是毫无拘束地谈论起身在同乡的文学同人们的事情。

聚会中经常可以看到渡边先生被围在美貌的女性们中间，谈笑风生，很是愉快，那光景令人煞是羡慕。不仅人脉广，也需要有本钱，另外女性们所喜欢的性格也是不可缺少的，而这些对渡边先生来说都不在话下。而像我这样粗鄙没有风度的人，根本没有这些优点。有一次，聚会结束后随他人一同去了银座的酒馆，在那种地方渡边先生却非常规矩，他对于女性态度之严谨，大大出乎我的意料，我亦颇为受教。

回忆并写下这些琐碎的往事别无他意。阅读《女人这东西》的时候，我由衷地感受到渡边先生在关注女性时所具有的清醒目光，因而情不自禁地联想起在聚会中以及酒吧里他接触女性时的风采，将自己的印象描述下来而已，这也是我在联想他随笔中所论述的女性时的印象。渡边先生全身洋溢着平易近人的气息，那是出生于北海道的他与生俱来的一种魅力。而就是这样一位平易近人的好好先生，只要你一放松警惕，与他无拘无束地接近，立即就会成为他那双始终清醒的眼睛的观察对象——我猜想，渡边先生脑海中的女性形象大概就是这样不断丰富起来的吧。

我的笔头必须回到《女人这东西》上来。前面提到，虽然名义上是解说，但内容仍然超不出感想的范围。

先说一下关于本书的构成。初版本一共有十二章，此次推出文库本时删除了原来的第七章“贞淑的女人”、第九章“知识女性”两整章，其余十章也替换了不少，并做了大量的增删和修改。我个人认为，这些增删和修改可以反映出作者的女性观在这5年间的变化。至于删除的“贞淑的女人”“知识女性”两章，并不表示作者对这两类女性的分析毫无兴趣，而是从“解剖女人的性”这一主旨上来说，这两类女性不属于此列，即不需要解剖，她们完全是健康的女性。

渡边先生在本书中解剖给读者的是：“说谎的女人”“同性爱的女人”“信奉永恒的爱的女人”“出轨的女人”“女权主义口号下的女人”“歇斯底里的女人”“性感缺失的女人”“更年期的女人”，即具有某种女性缺陷（病症）的女性。作者作为一名熟知女性生理构造的医生，同时作为一名通晓心理学的作家，为这些女性进行把脉号诊，尝试开出处方（忠告和建议）为她们修复缺陷，这其中不乏作者长期以来接触和观察病人得出的有益经验。

世上标榜女性论的著述甚多，但大多是作为一种人生论或幸福论来展开的，其中大段大段的都是伦理说教以及作者的个人体验。我不是否定这类著述，但作者们却无意中落入了同一个窠臼，即不知不觉地做起了幸福女性指南，而且大都带有一种轻视女性的先入之见，要求女性非这样做不可，那样做绝对不行——这样的强调确实勇气非凡，只不过其主张不能不说游离了现实。假如有的女性拒绝作者们的好心指南，那么这类著述又成了非常适合的女性自我防卫论，以及青年女性的婚前修养经验谈。坊间流布的女性论——关于女性的人生论、幸福论——都跳不出以上几种俗套，这样说也绝不过分。战后，伊藤整的畅销书《关于女性的十二章》以其幽默诙谐的笔触博得了爆棚般的人气，但它仍旧没有突破上面所说的女性论的窠臼。可以认为，只要不从女性是同男性密切相关的对立存在出发来思考，这类女性论就永远也无法改进，这是一个宿命的结局。

《女人这东西》这本书的最大特点就在于将视点落在了解剖学的角度。作为一名医生，长年从事解剖和手术的渡边先生，对于女性生理构造与男性不同、从而拥有不同的人体现象有着透彻的认识，以他所认识和理解的女性生理为基础，由此出发，对其外化的表象即情感、心理、思维方式等的特殊性进行分析论述，自然就有别于之前的其他女性论，取得了突破。

另一个特点就是立足于解剖学的女性论不存在社会特权和社会偏见，仅就女性自身来进行剖析。《女人这东西》所具有的说服力来自医学知识，因而具有科学性，而作者彻底无视所谓的社会特权——地位高低、教养深浅、贫富差距等，回归到女性的本原，来探讨女性应有的生存方式。读了渡边先生这本书，你会意识到我们之前对于男女的性的差异是多么的无知，而建筑在这无知之上的人生论、幸福论又是多么的虚妄。

这么想来，对于女性的无知男女双方都没有意识到，女性没有意识到自己的性的特殊性，男人更没有注意到女性的性的特殊性。世间的男女即恋人们和夫妇们，丝毫没有意识到自己的无知，却在天真地憧憬着将来的幸福，因而两人之间总是会发生异议和争执，这正是造成不幸的根本原因，但即使这样，人们仍然不知道其根源乃是在于男女的性的差异——人体、生理的不同而带来的差异。

不论社会如何进步，文明如何发达，人体的构造、性的构造是不会改变的，当然文明会推动社会向无视男女两性的构造差异、追求平等和同权化的方向发展。毫无疑问，女性地位的提高、女性的自立自强，将成为文明进步的标志而受到欢迎，但是我们仍需揣一个疑问：无视男女两性构造上的差异，会不会使正常的人际关系——以男女关系为基干构建起来的社会关系发生扭曲？不管怎样，只要基于人体构造的男女差异不可能完全被消除，就有必要充分认识和理解这种差异，并依此而构建起正常的社会关系、人际关系。或许，只有我们充分认识和理解了男女两性在身体构造上的差异以及由此带来的心理、情感、思维方式等的差异，家庭、职场、国家乃至世界才会更加丰富多彩，更加美好，理想的人际关系才能真正得以实现——至少我们会拥有这样的希望，而《女人这东西》别具一格的女性论就给予了读者这一希望。

这里还需赘述一句。作者渡边先生将女性放在了世界的中心位置，读过本书之后读者一定会注意到，在渡边先生的论述中，男性同女性相比较始终处于劣等的地位，心理上也较单纯，在体力和性能力方面也劣于女性。而女性，按照作者的说法，不仅在人体构造方面更为复杂，在情感上“千变万化，幻化不定”，在心理上则“复杂而华丽”，对这样的女性作者感到“不可思议和魅力无穷”，因而他将女性推到了家庭、社会，甚至整个世界的中心位置。这无异于在为女性复权。而作者在本书中所指出的女性种种症状的病根，进一步思索的话，可以看作是女性在不知不觉中罹患的文明病。

揭开日本近代文学灿烂一页的平塚雷鸟曾经写下这样的句子为妇女解放而呐喊：“原始时代，女人是太阳，是真正的人。如今，女人是月亮，依凭他人而生存，借着别人而发光，像个病人似的脸色苍白的月亮。”（《青鞜》发刊词）《女人这东西》一书可以说是对这种“青鞜”精神的反讽，但在反讽背后，却明显有着这样的意图，即让脸色苍白的月亮似的女性向原始时代那太阳般的女性来一个华丽变身。

从青春期的女性到更年期的女性，各个年龄跨度的女性读过这本书后都可以得到慰藉，受到激励。同时，我认为拥有心爱女性的男性更应该读一读这本书。

我没有将这本书仅仅作为女性论来阅读，而是当作一本人生论、幸福论以及现代文明批判的读物来阅读的。各人立场不同，能够从中读出五味杂陈来，这也是《女人这东西》这本书的有趣之处和有意义之处。

渡边淳一经典作品集 · 两性随笔

“两性情爱指引四部曲”之一
《男人这东西》

“两性情爱指引四部曲”之二
《女人这东西》

“两性情爱指引四部曲”之三
《丈夫这东西》

“两性情爱指引四部曲”之四
《欲情课》

做好书